講談社文庫

首の鎖

宮西真冬

講談社

目次

首の鎖

第一章

＊

彼に抱かれている間だけ、勝村瞳子《かつむらとうこ》は全てを忘れられた。――母のことを考えている余裕はない。自分が四十歳目前で、独身であり、将来が全く見えないことも、すっかり頭の中から追い出される。

神田亨《かんだとおる》の腕の中は、真夏の砂浜のように熱く、瞳子もまたひとつになるにつれて、自然に体温が上がっていく。息がきれているのに気づき、ああ、自分も女だったのだと当たり前のことを確認させられる。

清潔とは言えないラブホテルの一室で、彼から快楽を与えられるたびに、勝村瞳子という人間はどこかへ消え去る。ベッドに横たわるのは、生まれたままの状態の、ただの一人の女で、――どこまでも自由だった。

神田は果てた後、瞳子のことを頭からすっぽりと抱きしめてくれる。瞳子は男女の交わりより何よりもその瞬間が欲しくて、彼を受け入れていた。圧倒的な包容力は、海のように大きく、ただ包まれているだけで安心できた。できれば最初からずっと、こうしていて欲しいほどに。が、そういうわけにはいかない。彼は瞳子に女を望んでいるのだし、そうでなければこうして自分を抱きしめてくれることはないだろう。

「それで、結局ヘルパーは頼まずじまいなのか」

ベッドの縁に腰かけ煙草《たばこ》を吸う神田は、煙たそうに目を細めながら、瞳子に訊《たず》ねた。昔はさぞかしモテたであろうその顔が、あろうことか、一瞬、父、喜一《きいち》の顔に重なり、さっと視線を逸《そ》らした。罪悪感でどうにかなってしまいそうだった。気まずさを紛《まぎ》らわすため、備えつけの緑茶のパックを湯呑《ゆのみ》に入れ、「先生も飲みますか？」と訊ねた。

「いや、俺はいいよ。それより、その態度は結局、現状は変わってないってことか」

はい、と答えながら、瞳子はまるで、神田に叱《しか》られているような錯覚に陥《おちい》った。ついさっきまでは、たとえ酷《ひど》い言葉を浴びせられてもそれは甘美な言葉にしかならなかったのに、今はほんの少しでも非難のニュアンスが感じられると、辛《つら》くて仕方がない。

「母に提案したら、それだけで不機嫌になっちゃうから。私からはもう、提案できなくて」

「じゃあ、今度、俺から言ってみようか？」

「やめて！」

思わず瞳子は声をあげ、手元が狂って湯呑をひっくり返した。あーあ、と溜息《ためいき》をつきながら、神田が背後から覆《おお》いかぶさるようにしてティッシュの箱を差し出し、床にこぼれたお茶を拭《ふ》いてくれた。

「……気持ちは嬉《うれ》しいんですけど、でも、絶対にうんって言ってくれないから。ケアマネさんにも言われてるんです。本人が承諾しないと、どんなサービスも受けられないって。先生が帰った後で、絶対に機嫌が悪くなると思うし」

思う、どころではなかった。目の前にスクリーンがあって、それに映し出されているかのようにリアルに想像ができる。一度機嫌が悪くなっては、取り返しがつかない。

「どうしてそこまで気を遣うかなあ。お母さんは君がいないと生活が成り立たないわけだろう？

君だけに介護の義務があるわけじゃあない。お父さんだってお兄さんにだって等しく責任があるんじゃないのか。毎日、自分を犠牲にしている君が、どうしてそこまで気を遣う必要がある？　何が怖いんだ？」

「怖い、わけではなくて」

瞳子は言葉を探したが、なかなかうまい表現が見つからなかった。返事をする前に神田が言葉を重ねる。

「瞳子は毎日、本当にがんばってるよ」

背後から彼は、ぽんぽんっと頭を撫《な》でた。それが遠い昔、子供の頃に父親がしてくれたように優しくて、ズルい、と思ってしまう。その手のひらは、本来、瞳子のものではないのに、自分のものだと錯覚してしまう。が、今、欲しいものはまさに、その手のひらだった。

「いつも感心してるよ。本当に、瞳子は我慢強いよな。だけど、これだけは言っておくぞ。お母さんはお母さん自身で幸せにならなきゃいけない。瞳子が幸せにする必要はないんだ」

一体、どういう意味ですか、と口にしかけて、やっぱりやめた。介護はやったことがある人にしか分からない。人の手を借りないとトイレに行くことすら難しい母が、どうやって自分一人で幸せになれるのか、訊ねる気にならなかった。

「ごめん、瞳子。爪切《つめき》り持ってない？　親指の爪、ちょっと割れちゃってさ」

さも、面倒臭そうに言う彼に、

「ダメですよ！　夜に爪を切ったら」

思わず大きな声をあげ、自分で驚く。

「ダメって、どうして？」

神田はどこかおもしろそうに笑い、目を細めた。

「……だって、夜に爪を切ったら、親の死に目に会えないって言うじゃないですか」

「へえ、そんな迷信、信じてるんだ。瞳子、可愛《かわい》いね。

……でも、それって、誰の教えなの？」

そう問われ、初めて気づく。――母の教えだった。それを見透かしたように笑い、神田は「でも大丈夫だよ。俺の親は二人とも、もう亡くなってるから」と笑った。

「……私、そろそろ、本当に帰らなきゃ」

瞳子が鞄《かばん》を手にすると、忘れ物、と神田は一万円札と薄いピンク色の箱を差し出してきた。

「……そういうつもりじゃないです」

「誤解するな。これはいつもお母さんに振り回されている瞳子へのお小遣いとプレゼント。うちの奥さんはこんな香りの香水をつけるような人じゃないから」

「でも、私には似合いません。つけていくところもないですから」

「普段からつけてたらいい。前にあげた口紅も。

せっかく元が良くて美人なのに、なんでそんなに男みたいな格好ばっかりしてるんだ？　絶対に似合う。俺が保証するから」

瞳子は返事をせずにそれらを受け取り、鞄の中に入れる。どうせ使う機会はない。今までにもらったものだって、小学生の頃から使っている学習机の一番下の引き出しに隠してある。唯一、鍵《かぎ》をかけられ、誰にも見られない瞳子の秘密の場所だった。

「じゃあ、またお店で」

瞳子はそう言い、部屋を出た。

神田亭は、瞳子の小学五年生のときの担任で、勝村家が代々経営している洋食屋「カツムラ亭」の常連客だ。家庭訪問で店を知ってからというもの、ずっと通ってくれて数十年になる。「カツムラ亭」の一番の人気メニュー、「とん勝定食」がお気に入りで、いつもそればかりを頼んでいる。他《ほか》の店のトンカツと違って、デミグラスソースがかかっているのが特徴で、その名前にあやかりたいと、何かにつけてお客さんが「ゲン担ぎに」と食べに来てくれる。

還暦を過ぎても店に出ていた母、玉稀《たまき》は、神田が店に来るたびに、「神田センセイ、しっかり食べてるの？」とニコニコと機嫌良く言っていた。過去形なのは、玉稀がもう店に出ていないからだ。二年前に脳溢血《のういっけつ》で倒れ、右半身不随になった。病院でリハビリをして、ようやく人の手を借りて歩けるようになったけれど、家に帰ると逆戻り。積極的に動こうとはしなくなった。

「もうなにもしたくない。じんせい、おわりね」

右側の口や頬《ほお》の筋肉、それらを支配する脳神経がダメージを受けていて、言語障害が残った母は、はっきりとした言葉をしゃべることができない。だから、その全てを諦《あきら》めたネガティブな言葉も、はっきりとは瞳子の耳には届かない。が、その硬い表情や頑《かたく》なに家でのリハビリを拒否する母を見ていると、どうして簡単に諦めるのだと、もどかしい気持ちでいっぱいになる。瞳子は三年前まで、父方の祖母の介護をしていた。同じように脳溢血で右半身不随だった。それでも祖母は「絶対に長生きしてやる」と、リハビリを続けた。あの祖母でさえ、生きようと必死だったのに、どうして母は全てを諦めてしまうのか。なんとか家でできることをさせようと気が逸《はや》るが、母が受け入れたのは瞳子が押して歩く、早朝の車椅子《くるまいす》での散歩だけだった。

「みっともないから、ひとがいないときじゃないと、いや」

それが母の言い分で、近くの老人会の人たちが公園に集まってラジオ体操をする前に散歩を終えなければいけなかったため、かなりの早起きになるが、日中、ほとんどの時間を寝て過ごしている母にとっては何の問題もないのかもしれなかった。

同じ理由でヘルパーもデイサービスも拒否した母は、娘である瞳子の介護しか受けたくないと頑なだった。

——誰の世話にもなりたくない。申し訳ない。だからあんたがいなくなったときが、わたしが死ぬときよ。わたしを捨てて出ていったりしないでしょう？

なぜ、私じゃないとダメなの。家族なんだからみんなで協力していこう。そうじゃないと、もし私に何かがあったとき、誰もお母さんのことを看《み》られる人がいなくなるでしょう？

何度も説得したけれど、そのたびに母は怒った。

「わたしのこと、死ねばいいとおもってんでしょ。めんどうだと、おもってんでしょ」

麻痺《まひ》のない左手でテレビのリモコンを投げられたときは、さすがに辛かったけれど、瞳子は「そんなことない。お母さんに長生きして欲しいだけ」と繰り返すしかなかった。

父の喜一も、兄の一帆《かずほ》も、実の家族のくせに、母のことをちゃんと考えてはいなかった。二人ともコックとして店に出ているから、主介護者になれないことは瞳子にだって分かっている。が、二人とも「お前がやればいいことだろう。どうせ独身で身軽なんだから。お母ちゃんの機嫌が悪くなることをするな」と、全てが他人事《ひとごと》なのだった。

母は母で、「わたしは、ばあちゃんみたいな、しゅうとめには、ならない」、兄嫁の小春《こはる》に一切、迷惑をかけるつもりはない、と言い張った。「嫁が介護をするのが当たり前」と怒鳴《どな》り散《ち》らしていた祖母と比べると、立派なのかもしれない。小春は小春で、「何かあったら言ってくださいね」と笑顔を浮かべながら、結婚前からのデザインの仕事を辞める気配はなく、手伝う気はさらさらない様子だった。母が倒れる前は「お店のまかないが食べられるなんてラッキー」なんて調子の良《い》いことを言って同居していたくせに、母の介護が必要になった途端、兄と一緒に近所にアパートを借りて出ていった。子供ができたから、という理由で。

母に元気に過ごして欲しいのは事実で、そのために世話をしたり、その合間に店に出たりすることは、〈家族〉なのだから当たり前だ。確かにそう思っている。だけど胸がざわついて仕方がない。

独身だから。
子供がいないから。
外に勤めていないから。
だから介護をするのが当たり前。

そう言われると、反論ができない。その通りだと思ってしまう。確かに自分は都合が良い存在なのだろう。だけどひっかかってしまう。——私のことを考えてくれる人は、誰もいないのか。

ありがとう。
悪いな。
瞳子のおかげだよ。

そんな言葉でよかった。たった一言。誰か一人でも瞳子に感謝したり、褒めたりしてくれたら、それで一日、やっていけるのに。どうして誰も言ってくれないのだろう。

そんなときに「瞳子ちゃん、大丈夫なの？」そう声をかけてくれたのが、神田亨だった。思わず涙目になった瞳子を商店街の喫茶店へ連れ出し、話を聞いてくれた神田は、小学生のときに苛《いじ》められて泣いていた瞳子の味方になってくれた、あのときの先生のままだった。

が、半年前のあの日、神田は珍しく「とん勝定食」と一緒に赤ワインを注文し、すっかり上機嫌だった。帰り際に「玉稀ちゃんに挨拶《あいさつ》していこうか」と言って、二階の母の寝室に顔を出してくれた。

誰にも会いたくないと言い張っていた母だったけれど、神田の訪問は嬉しかったようで、「かんだセンセイ」と笑顔を見せてくれ、久しぶりに瞳子も明るい気分になった。ほんの少しの時間だったけれど世間話をし、母は「おそくなったから、おくっていってあげたらいい」と、瞳子に車で送ることを提案したのだった。「だから、また、かお、だしてね」と。

神田の家はバスで十分ほどのところだったが、確かに神田はそんなに飲んでいないのに足元が覚束《おぼつか》なかった。店の車の助手席に乗った彼は、びっくりするほど顔が青白く、ほんの数分走ったところで、

「ごめん、ちょっと停《と》めてくれないか」

右手で口元を押さえて目を瞑《つぶ》ったため、瞳子は車を路肩に停めて、大丈夫ですか？と下を向いたまま固まった神田に声をかけた。

「……悪いんだけど、ちょっと休憩したい。そこに車入れてもらっていいかな？」

彼が指差したのはラブホテルの駐車場だったので、一瞬躊躇《ちゅうちょ》した。けれど「ちょっと横になりたいから。ごめんね、瞳子ちゃん」と言われ、なるほどと納得し、ネオンが仰々しいその建物へと進んでいった。

結局、その場所でやるべき、当然のことをすることになった。

どういう流れだったのか、きちんと覚えていない。全ては神田の手のひらの上で泳がされ、……瞳子は三十九歳になって初めて、女になった。まさか自分の親ほどの年齢の男性とこんなことになるなんて、思ってもみなかった。

「……嘘《うそ》だったんですか、具合が悪いって」

責めるような口調になってしまったのは、妻がいる人と寝てしまったことよりも、彼に抱かれている間、母のことをすっかり忘れてしまっていたことへの罪悪感を誤魔化すためだったように思う。

「具合が悪いなんて一言も言ってないよ。ちょっと休憩したいって言っただけ」

悪びれずに笑う神田に言い返す言葉もなく、シャツを着てジーンズを穿《は》き始めた。

「騙《だま》すようなことしちゃったのは悪かったよ。ごめん。でもさ、もったいないと思ったから」

「もったいない？」

「瞳子ちゃん、せっかく美人なのに。

お店の手伝いと、お母さんの介護だけで終わっちゃうなんて、もったいないだろう。だから、ちょっとした息抜きができればいいなと思って誘ったんだけどさ。……嫌だった？」

素直に頷《うなず》くことができず、俯《うつむ》いていると、知らぬ間に身体《からだ》じゅうの水分が目頭に集まってきて焦った。目聡《めざと》くもそれに気づいた神田は、ベッドから立ち上がり、自分の胸元に瞳子の頭を押しつけた。

「辛かったよな。だーれも瞳子ちゃんのこと考えてくれなくてさ。親父《おやじ》さんも一帆のやろうも、嫁さんもさ。――瞳子ちゃんにだって、幸せになる権利はあるっていうんだよなあ？」

最後のその一言で、涙腺《るいせん》が決壊した。ずっと胸の内でくすぶっていた感情を、神田がはっきりと言葉にしてくれたのだ。

――幸せになりたい。

ずっと、言ってはいけないと思っていた言葉だった。――母より先に幸せになってはいけないと思っていたから。が、それをはっきりと自覚したとき、瞳子は更なる罪悪感を抱いた。自分は本当に幸せではないんだろうか？　寝る場所も食べる物もあって、大切な母親を介護する環境は整っているはずだ。世の中にはもっと過酷な環境で介護をしている人がいる。自分がただ、弱い人間だから、音を上げたくなっているだけなんじゃないか。

だから誰にも言えなかった。自分の中で言葉にすらできていなかった。もし言ったら、きっと世間に、いや、――母にこう思われる。

――あんたは、本当に酷い子だ。お祖母《ばあ》ちゃんにそっくり。

それだけは嫌だった。

だから瞳子は神田に懇願《こんがん》した。お願いだからこのことは母に言わないで欲しい。そのためには何でもする。神田は言った。

「言うわけないだろう。俺は瞳子ちゃんの味方なんだから」

それから神田は月に数回、店を訪れ、母のご機嫌をとった後に車で送らせ、同じホテルで瞳子を抱いた。最初こそ優しかった神田は、少しずつ瞳子に厳しくあたるようになっていった。


——どうして家族で話し合おうとしないんだ？


そう言って神田は、少し苛《いら》ついた表情で瞳子に説教した。

「……どうしてって」

瞳子が訊ねると神田は言った。

「瞳子は、家族は分かってくれないって嘆いてばかりで、話し合おうともしてないだろう。それじゃあ一生何も変わらないぞ。どうしてもっと自分の口で話そうとしない。

家族なんだから、話せば分かり合えるだろう」

それを聞いたとき、悟ってしまった。——この人は、私を分かってくれてはいない。

だけど、ほんの一瞬、抱きしめられているときの温かさだけを求めて、神田との関係を続けてしまっている。

＊

ベランダで洗濯物を干していると、心臓の上で『エリーゼのために』が鳴った。途端に、身体が硬直し、動悸《どうき》が止まらなくなる。瞳子は首から下げた介護ブザーの受信機を手に取り、音楽を止めると、干しかけていた洗濯物をそのままに、母の寝室へと急いだ。どうしたの？　と声をかけながら中に入ると、りもこん、と呟《つぶや》いた。瞳子はベッドの上に置いてあるそれを手に取り、母の左手に握らせる。ありがとうと言うこともなく、ザッピングを始めた母に、

「ごめん、お母さん。今日、私、病院の日だから忙しくて。……寂《さび》しいかもしれないけど、ちょっと我慢してくれる？」

母はキッと睨《にら》み、

「どこにあるか、わからなかったの」

ごめん、と謝るしかなく、平謝りする。

母が不機嫌なのは、ついさっき、介護用オムツをしたからだった。瞳子が通院の日は、その間、トイレに連れていくことができないからどうしてもオムツをするしかない。が、それは母のプライドが許さないらしい。それならば父や兄の介助を受け入れてくれればいいのだが、それも嫌だと言うからもどかしい。

「ごめんね、すぐ帰るからね」

母の返事を待たず、慌ただしく部屋を出た。呼吸が浅い。意識して大きく息を吸う。……やっぱり、このままではいけないのかもしれない。〈大好きな〉母に呼び出されると動悸がして辛くなるなんて、異常としか言いようがない。

中学時代からの友人、東聡美《あずまさとみ》から、心療内科に行ってみたらどうかと言われ、二週間おきに通院し始めて、二ヵ月が経《た》つ。家族には心配をかけたらいけないと、胃がおかしいのだと嘘をついているが、良い顔はされていない。市販の胃薬じゃダメなのかと兄に言われ、お母ちゃんの機嫌が悪くなることはするなと父に言われたときは、絶望するどころか、通常通りすぎて苦笑した。父や兄に、何も期待はしていない。

洗濯物の続きを干している間にもう一度呼ばれ、母の好きな炭酸飲料水にストローを挿し、枕元《まくらもと》に置くと、慌ただしく家を出た。店のピーク時には戻れるように朝一番の予約を取っているけれど、それでも間に合うように戻れるかどうかは分からない。

外に出ると顔を刺す太陽の光を振り払うように、瞳子は走り出した。


「……それって、介護用ブザーの受信機ですか？」

受付で保険証と診察券を出し、ほっと一息ついてソファに座ると、少し離れて隣に座っていた猫背の男性が、瞳子の胸のあたりを指さした。ふと目線を下に向けると、白色のトランシーバーのような形のものが視界に入った。途端に顔が熱くなり、慌てて首からストラップを外す。

「急いでいたから置いてくるのを忘れてしまって。ありがとうございます」

頭を下げると、受付の女の子たちが笑っているのが聞こえてきて、更に恥ずかしくなる。彼女たちはいつも綺麗《きれい》に化粧をしていて、女子力が高く、引け目を感じてしまう。

「……ああ、分かります」

はっと顔をあげると、男性はぎこちない笑顔をこちらに向けていた。その目の下には隈《くま》ができている。

「……介護、されているんですか？」

彼は「……そのブザー、うちのお袋が使ってたのと同じタイプなんで」とたどたどしく言い、困ったように笑った。彼の顔は、自分と同年代か少し年上に見えるが、子供のように頼りなくて、思わず母性をくすぐられた。

何か言わなければ、と口を開いた瞬間、「丹羽《にわ》さん、丹羽顕《けん》さん」と呼ばれ、彼は返事をして立ち上がった。

「第一診察室へどうぞ」

白衣を着た受付の女の子はにっこりと彼に言い、診察室のドアを開けた。

「……あのっ」

咄嗟《とっさ》に瞳子は彼を呼び止めていた。男性は振り返り、はい、とこちらを見据えていた。

「私の家、『カツムラ亭』っていう洋食屋なんです。良かったら食べにきてくださ い。……もし良かったら、介護の話とか、させてもらえたら嬉しいなって」

彼は一瞬、言葉を失った後、「ああ、あの……今度、伺います」と言い、診察室へ入っていった。

ドアが閉まったあと、頭に血が上り、自分の行動の大胆さに頭を抱《かか》えた。ほんの少し優しくしてくれたからといって、それにすがるように声をかけるとは、はしたない。自分がそうだからと言って、彼に私の助けが必要だとは限らないのに。

その場にいる人全員が自分を見ている気がする。が、間もなくして瞳子も診察室に呼ばれ、気持ちを切り替えることができた。


「最近どうですか？　何か変わりはありましたか？

薬を飲んで、目眩《めまい》がしたり、吐き気《はけ》がしたりということはないですか？」

担当の男性医師は、矢継ぎ早に質問すると、視線をパソコンの画面に戻した。

「……特に変わりはありません。

薬を飲んだから楽になったとか、逆に辛くなったということは、全く」

ゆっくり、言葉を選びながら答える。医師は、急に薬が効くということはないですから、焦らずに行きましょう、とキーボードを叩《たた》きながら早口で言った。

「前回と同じお薬を出しておきますね。まあ、一番のストレスになっているお母さんと、離れることが一番なんですけどねえ」

それができれば、こんなところに来ていない、と思い、自分が母と離れたがっていることに気づかされて愕然《がくぜん》とした。そうではない。母と離れたいわけではなく、自分のことを認めて欲しいだけだと、先生に言い訳したい衝動にかられたが、結局、そうすることはなかった。

礼を言って診察室を出ると、待合室には診察を待つ患者が随分増えていた。が、その中にさっきの彼の姿はなく、もう帰ってしまったのか、まだ終わっていないのかは分からなかった。

受付に呼ばれ、診察料を払い、処方箋《しょほうせん》を受け取る。効果があるのかどうか分からないから、もう通うのをやめてしまおうかと思っていた。けれど、もしかしたら二週間後も彼は同じ時間に通院してくるかもしれない。

介護を知っている同志として、話ができたらいいな。そんな淡い期待を抱いて、丹羽顕さんの顔を、頭の中で思い起こした。――とても、穏《おだ》やかで、優しそうな人だった。

急いで家に帰り、玄関の鍵を開け、中に入った途端、鞄の中にあったブザーが鳴った。母の元へと走る。――そのブザー、うちのお袋が使ってたのと同じタイプなんで。彼の言葉が思い起こされる。

「ただいま！　ごめんね、遅くなって！　大丈夫だった？」

瞳子が謝ると、母は言った。

「なんか、いいこと、あったでしょ」

「え？」

「かお、わらってる」

瞳子は思わず、両手で頬を触った。母は麻痺していない方の顔の左側を、精一杯歪《ゆが》めて言う。

「あんたは、ほんと、おばあちゃん、そっくり」

＊

「瞳子ちゃんは、お祖母ちゃんにそっくりね」

小さい頃から会う人みんなに言われていた記憶があって、アルバムを捲《めく》れば、なるほど二重の大きな目や色が白いところなんかは、よく似ている気がする。どんな寝相でも一切癖《くせ》がつかないストレートの髪も父方の祖母譲りだった。華やかなものが好きな人で、店で働いているときは汗で落ちるからと最低限しか化粧をしていなかったけれど、休みの日はこれ幸いと、近所を散歩するのにも、おしゃれをして歩くような人だった。

──瞳子。その名前をつけたのも祖母だったと聞いている。

自分に似て目が大きくて、絶対に美人になる。瞳子が生まれたときのはしゃぎっぷりは凄《すご》かったらしい。

一方で、母に似ていると言われたことは覚えている限り一度もない。母はキリリとした一重で、髪も太くて固かった。「カツムラ亭」に嫁《とつ》いでからは忙しく、いつも少年のようなショートヘアに刈り上げていた。そんな母のことを祖母は、

「嫁をもらったのか、男の子を養子にもらったのか、分かりゃあしないね」

と嫌味を言っていた。が、店の常連客はそれを聞いて笑っていた。祖母の話し方がカラリと冗談でも言うような口調だったからだろう。

祖母は何につけてもそんな調子だった。店の中ではいつも人の輪の中心で、母を貶《おとし》めるようなことを言っては笑いを取り、「おばちゃん、やっぱりおもしろいなあ」なんて言われて、満足げにしていた。瞳子は小学生の頃から店の片隅《かたすみ》でそれを見ていたけれど、母はいつだって、曖昧《あいまい》に笑い、笑いものにされても堪《た》えていた。父だってそれを分かっているはずなのに、その輪の中に入らず、我関せずで料理を作るだけだった。母もただ黙っていたわけではない。祖母が風呂《ふろ》に入っている間に、帳簿をつける父の横で、ああいう風に笑いの種にするのはやめさせて欲しいと懇願していた。が、

父は聞く耳を持たず、「お袋の悪口を言うな！」と最終的にはケンカになっていた。父は母の味方ではなかった。

――私はお父さんと結婚したんじゃない。カツムラ亭に就職したの。そう思うしかないわね。

お見合い結婚だった母の口癖だった。そして、いつも瞳子に言い聞かせていた言葉。

――あんたにはお祖母ちゃんの血が流れてるんだから気をつけなさいよ。そうしないと、あんな風に性格が悪くなるわよ。

母のその言葉は呪詛《じゅそ》のように身体に染《し》みつき、何をするにも瞳子の基準になっている。そうでなくても容姿が似ているとみんなに言われていた。余程気をつけないと、祖母のようになってしまう。――母に嫌われてしまう。

瞳子の行動の指針は、〈祖母のようにならないこと〉になっていった。

そうしていれば、母に愛される。

それなのにどうしてか意に反して、祖母に似ていってしまうのだった。

祖母は服を着ていても分かるほど胸が豊満だったけれど、瞳子もまた小学四年生の頃から胸が膨《ふく》らみ始め、同級生と比べてもかなり発達が早かった。同級生にはからかわれたし、先生にもブラジャーをつけるように言われたけれど、瞳子は頑なに、母に言わなかった。また祖母に似てきた、と思われるのが嫌だったのだ。

そしてその頃、目も悪くなり、一番前の席でないと黒板が見えなくなった。このままでは眼鏡《めがね》をすることになる――祖母と同じになると、暇さえあればベランダに出て、遠くの山を眺《なが》めていた。遠くの緑を見ると視力が上がるとクラスの子が言っていたのだ。

健康診断のときは自分の番が来るまでに丸の切れ目の順番を覚え、見えていないのになんとか記憶力で乗り越え、一年間は眼鏡を免《まぬが》れた。が、五年生のとき、それが養護の先生にばれて検査をやり直され、〇・四と診断されて、あっけなく眼鏡を買うことになった。

母に連れていってもらった眼鏡店で、瞳子は一番、女っぽくない黒縁《くろぶち》眼鏡を選んだ。母がいつも、「お祖母ちゃんの眼鏡は、女を意識していて気持ち悪い」と言っていたから。

瞳子は自分が女らしくなるのが嫌だった。祖母に似るのが、どうしても嫌だったのだ。

が、瞳子の格好は、同級生には異様に映ったらしい。

髪は母と同じように刈り上げのショートヘア。それなのに胸は大きく、手塚治虫《てづかおさむ》のような黒縁眼鏡をかけている。

——ブス。

——気持ち悪い。

眼鏡をかけ始めてから、男子に悪口を言われるようになり、それに比例して女友達も離れていった。悲しかったし、辛かったけれど、それでも母は、自分と同じ髪型にした瞳子を「可愛い」と言ってくれた。

瞳子にとっては、母が褒めてくれることが、一番、嬉しかった。

＊

「カツムラ亭」は兄、一帆で三代目になる洋食屋だが、親子三代に亘《わた》ってファンだと言って通ってくれる客も多い。瞳子の唯一の友人、東聡美もそうだった。その日も彼女は仕事の帰りに寄ってくれ、晩ご飯に「とん勝定食」を頼んでくれた。母のブザーに呼ばれ、用事をすませて帰ってきたときには、味噌汁《みそしる》とご飯が残っている程度で、ほとんどを平らげ、瞳子の帰りを待ってくれていた。

「それでどう、病院は？　少しは役に立ってる？」

小声で話す聡美にお茶のおかわりを出しながら、小さく瞳子は頷いた。厨房《ちゅうぼう》にいる父や兄、バイトに聞こえたら困ったことになるので、あまり大きな声では話せないのだった。

「薬は効いてるかどうか分からないけど、とりあえず通ってみてる。それより、聡美、家は大丈夫？　こんなところで油売ってて怒られない？」

聡美がちらりと腕時計を見たのを、瞳子は見逃さなかった。が、彼女は、

「全然平気。子供のことは旦那《だんな》が見てくれてるし。なんてったって、明日は仕事でプレゼンがあるから。その前には絶対ここのトンカツ食べなきゃ。

これさえ食べれば、全てオーケー！」

聡美はご飯を口に押し込み、味噌汁で流し込んでニコリと笑った。彼女とは中学の頃からの付き合いだけれど、弱音を吐いたところなど見たことがない。いつも前向き

で、口癖は「なるようにしかならないんだから、悩んでもしょうがない」だった。中学時代、彼女がいなかったら、卒業するのも危うかっただろう。それほど、彼女は頼りになる人で、――瞳子の恩人だった。だからこそ分かる。彼女の目的は「とん勝定食」ではなく、瞳子の様子が気になって、心配してきてくれているのだ、と。

「お、聡美ちゃんも来てたのか。今日も可愛いねぇ」

聞きなれた低い声に、思わず肩がぴくりと跳ねる。神田が店に入ってきたのだった。

「神田先生、その調子だと、いつか奥さんに刺されますよ？」

笑って言う聡美に反して、瞳子は手のひらに汗を掻《か》いていた。当たり前だが聡美には神田とのことは話していない。――絶対に話せるはずがない。どこから母の耳に入るか分からないのだから。

「だいじょうぶ、だいじょうぶ。君たちみたいな若者は、子供にしか見えないから。瞳子ちゃんも、可愛い可愛い」

神田に頭を撫でられ、息が止まる。やめてください、と手を払ったけれど、聡美にはいつもの奥手な瞳子のようにしか見えていないようで、

「からかうのはやめてくださいよ。瞳子、混乱しますから」と、助け船を出してくれ

るほどだった。

「じゃあ、瞳子、私行くから。ほどほどに息抜きしなさいよ」

会計をすませた聡美を見送っていると、ブザーが鳴った。それを聞いた神田は、「今日は先に玉稀ちゃんに会っていこうかな」と微笑《ほほえ》んだ。ああ、今日はこの後、用事があるのだな、と思う。瞳子を誘うときは、食べ終わった後、そのままの流れで玉稀の部屋に顔を出し、母から「送っていってあげなさい」の言葉を引き出すのだ。六十歳で定年退職してから指導教員として働きはじめた神田は顔が広く、馴染《なじ》みの店はカツムラ亭だけではないようだった。

店の入り口を出て、その横の自宅への階段を上るときに、「瞳子さん」と声をかけられた。先週からバイトに来ている奥岡優良《おくおかゆら》が後を追いかけてきていた。今時の大学生にしては老《ふ》けて見える彼は常連客から「おっさん」なんて愛称をつけられて可愛がられている。

「なあに、何かあった?」

「あの、ナプキンないって言われたんすけど、補充ってどこでしたっけ」

昨日も言ったよね、という言葉をぐっと呑《の》み込《こ》んで、

「備品を置いてる引き出しの右から二番目。なるべく切らさないように気をつけて

ね」

「あ、了解っす」

努めて優しく言ったのは、父にそうするよう言われているからだった。もし、辞められたら新しいバイトがすぐに来てくれるかどうか分からないし、そうなったら瞳子の負担が増えるだけだぞ、と。

が、「まかないが美味《おい》しそうだったから」という理由でうちのバイトを選んだらしい優良に対し、その大雑把な働きぶりに瞳子はほんの少し、小指の先程だったが、苛ついていた。

高校を卒業してから、――いや、手伝いならもっと昔から、ずっと店で働いてきたけれど、瞳子なりの美学があった。古くてもテーブルはピカピカに磨きあげ、ナプキンは絶対に切らすことなくセッティングしていた。お客が財布からお金を出すのを見て即座に計算し、待たせることなくお釣りを渡す。笑顔は絶対に忘れない。瞳子が店で自分の居場所を確保するために、精一杯やってきたことだった。なのに、時給八百九十円の優良は若さと勢いだけで働き、それを許されている。そんなことすら良い気がしない自分は、よっぽど心が狭いのだろう。

「瞳子ちゃんの方が、ずっとがんばってるよなあ」

険《けわ》しい表情に気づいた神田が、ぐさりと言い当て、優しい言葉をかける。何でもお見通しだとでもいうような彼の言い草が妙に腹が立つが、今の瞳子には味方は神田しかいない。

「かんだセンセイ。ちゃんとごはん、たべてる？」

部屋に入った神田を見て、母の頬はまるで少女のように薔薇色《ばらいろ》に上気していた。

「僕のことより、玉稀ちゃんはきちんと食べてる？」

瞳子は仲良く話す二人を見ているのが辛かった。母のことすら下の名前で呼ぶ神田という男は、まるでイタリア男性のように女の扱いに慣れていて、神経も図太く、やっぱり分からないと思うのだった。

夕食のピークも過ぎ、常連客たちが帰ったらそろそろ店じまいだという頃、――彼がやってきた。

「……すいません、まだやってますか？」

か細い声で、心許《こころもと》なさそうにやってきた彼、丹羽顕は、瞳子の顔を見つけると、ほっとしたように表情を緩《ゆる》めた。

「大丈夫です。まだやってますよ」

瞳子は奥のテーブル席を勧め、お冷やを持って注文を取りにいった。

「場所、すぐに分かりましたか？」

「はい。昔来たことがあるんです。……親父に連れられて」

なるほど、だから来てくれたのか、と納得していると、

「店でも、それ、つけてるんですね」

そう、昼間と同じように首からぶら下げたブザーの受信機を指さした。

「……大変ですね。店で働きながらだと」

瞳子は彼の言葉の使い方に、胸を打たれた。

〈手伝いながら〉ではなく、〈働きながら〉。

今まで瞳子は近所の人から、独身の家事手伝いだと、何度言われてきたか分からない。

「とん勝定食」を頼んだ丹羽は、懐《なつ》かしそうにきょろきょろと店内を見渡していた。

お待たせしました、とライスとトンカツが載った皿を目の前に置くと、猫背の彼は更に前のめりになり、「ああ、これだ」と目に涙をにじませた。それを見ていて瞳子は胸が熱くなった。きっと良い家族なのだと、想像する。

「良かったら、お包みもできますから、ご家族の分もどうぞ」

そう付け加えると、目を瞬《またた》き、ありがとうございます、とぺこりと会釈した。

人目を気にせず、ガツガツともう何食も抜いていたような腕白な食べ方は、野良猫のようで可愛かった。

「兄ちゃん、結婚してんの？」

常連客の一人が馴《な》れ馴《な》れしく訊ねたので、失礼ですよ、と瞳子が咎《とが》めたが、

「……あ、いいえ。してません」

あまり気にしていない様子で返事をしたので、その言葉に安堵《あんど》し、小さく期待した。

「なんや、それはちょうどいいな。瞳子はこの歳《とし》で彼氏もおらんから、もらってやってくれや」

それがええ、などと顔見知りたち同士で盛り上がりはじめたが、

「いや、僕なんかにはもったいないですよ」

彼はそう言って、笑った。

帰り際、店の外まで見送ると、彼は背中を丸めて「ご馳《ち》走様《そうさま》でした」と頭を下げた。

「ぜひ、また来てください。……これ、良かったら。サービスです」

瞳子が持ち帰りの袋を渡すと、じゃあお金、と財布を出そうとした。

「お代は結構です。今日、病院で助かったので。お礼に受け取ってください」

「分かりました。ありがとうございます」

そう彼が言ったとき、『エリーゼのために』が鳴った。

「行ってあげてください。……それじゃあ」

彼は頭を下げると、商店街の方へ歩いていった。その足取りは弱々しくて、思わずもう一度、声をかけたくなるほどだった。

＊＊

「とん勝定食」を食べている間じゅう、ズボンのポケットで携帯が震えていることに、丹羽顕はちゃんと気づいていた。……すぐに出ないと後で大変なことになるのも分かっていて、懐かしい味に、舌鼓《したつづみ》を打っていた。

――カツムラ亭。

死んだ親父が、世界一うまいトンカツを食わせてやると、お袋と妹の美樹《みき》、そして顕を連れていってくれた店だった。子供だった顕に「うまいだろう」と目を細めて、まるで自分が作ったかのように自慢していたのを、よく覚えている。

すっかりご無沙汰《ぶさた》になっていたが、まさか病院で、その記憶を思い出す出会いがあるとは思わなかった。

彼女が首から下げていたブザーの受信機を見た途端、眠気が吹き飛んだ。親父が寝たきりになったとき、母が使っていた物だった。彼女と同じように母も、受信機を外すのを忘れて外に出ていたものだった。口を開くのも億劫《おっくう》だったのに思わず話しかけたのは、あの頃の母が懐かしかったからだ。

『エリーゼのために』が流れるたびに、母は父の寝室へと飛んでいっていた。何度も何度も鳴らす父に、「少しは我慢したらどうか」と注意したこともあったけれど、母はいつも笑って、「私がいなくて寂しいのよ」と顕をたしなめていた。周囲からは「大変でしょう」と言われていたけれど、母にとって父の介護は、幸せなことだったのだろう。だから、『エリーゼのために』が流れるたびに、「親父もお袋が好きなんだな」となんとなく微笑ましく思ったものだった。

「あんたたちはなーんも心配する必要ない。お母ちゃんに任せとったら大丈夫だから」

それが母の口癖で、顕や美樹の手を借りようとすることは一切なかった。

――だからこそ。

親父が亡くなって、一人になった母を幸せにしたいと思っていた。――たった今、店で持たされたトンカツを、母のところへ持っていき、「懐かしいな」と話すことができるくらいには、幸せに。

「なんでこんなに遅いの!?」

玄関に入ると、靴箱の上に置いてあった猫の置物を投げつけられた。春代《はるよ》は顕の釈明を聞く前に次々と手当たり次第に物を投げつけ、靴を履いたままの顕を家の中に引きずりこみ、馬乗りになって腹を殴った。顕はされるがままでいて抵抗しなかった。その方が早く終わると学習していた。ごめん、とくぐもった声で謝ったが、春代の耳には届いていなかった。激怒した彼女の声が、響き渡っている。

「……あれ、お土産」

廊下に転がった袋を指差しながら、顕は会社の帰りに店に寄ったことを後悔していた。こうなることは分かっていたのに、懐かしさの方が勝ってしまったのは、自分の弱さだ。

「何これ？　私がお腹《なか》を空《す》かせて待ってるの分かってるのに、自分は店で食べてきたってこと？」

ごめん、と身体を起こし、額を廊下に擦《こす》りつけて土下座をする。

「私のこと馬鹿《ばか》にしてるの？　愛してないんでしょ？　結婚しなきゃ良かったって思ってるんでしょ？　みんなでそう笑ってるんでしょ？」

そんなことない、と否定するが、「じゃあどうして私との約束が守れないの？」と今度は頭を踏みつけられる。——早く終わってくれ。そう祈りながら、顕は謝り続ける。


——会社からは絶対に寄り道をしない。

——朝ご飯と晩ご飯を作るのは顕の仕事。

——携帯電話は帰ったらすぐに妻に渡す。

——妹や親戚《しんせき》とは絶対に連絡を取らず、母の家に行くのは日曜日の九時から十二時まで。

春代から突きつけられる無理難題は年々増え、暴力もまたそれに伴って増えている。が、しょうがない。男たるもの、女に殴り返すわけにはいかないし、約束さえ守っていれば、笑っていてくれるのだ。この状況を、母や妹に知られるわけにはいかない。


そもそものきっかけは、六年前の親父の葬式だった。

親戚付き合いが濃く、親父の死を悼み悲しんでいる列席者が大勢いる中、妹の美樹は特に憔悴《しょうすい》しきっていた。まだ幼稚園に入って間もない子供の面倒を見ながら、入院していた親父の付き添いを手伝っていたし、何よりファザコンと言って良いほど親父のことが好きだった。みんな、美樹のことを気遣《きづか》い、励《はげ》ましの言葉をかけてくれていた。

が、そんなとき、春代が美樹の逆鱗《げきりん》に触れた。

――どうしたの？　そんな疲れた顔して。頭ボサボサよ？

それを聞いた瞬間、美樹は全ての感情をなくしたような表情で、

「……自分の親の葬式で、元気な顔をしている人がいますか？」

そう、か細い声で反論した。周囲の人たちも寄ってきて、

「あんたその言い方はないわ」

「嫁なのに何の手伝いもしなかったんでしょう？」

と、春代が責められる形になった。

顕もまた、春代の気遣いが足りなかったと思い、注意したのだが、その瞬間、悲鳴のような声で、

「私が悪いって言うの！　話しかけてあげただけなのに！」

そう大きな声をあげて泣き、トイレへと駆け込んでしまった。

あたりは騒然とし、親戚にお騒がせしてすいませんと頭を下げ、顕は春代の元へと向かった。

「美樹も親父が亡くなって、気が動転してるだけだから。出てきてくれよ」

トイレのドア越しに話しかけたけれど、トイレットペーパーをカラカラと鳴らし、鼻をかむ音の合間に、大きな声で春代は叫ぶ。

「みんな私のことが嫌いなのよ！　だから今日だって本当は来たくなかったの！」

「そんなことあるわけないだろう。なんでみんなお前のことを嫌うんだよ？」

だって、と子供のように洟《はな》をすすりあげる。

「子供のこと、みんな訊《き》かなくなったじゃない」

顕と春代の間には、子供はまだいなかった。以前は顔を合わせるたびに「子供はまだか」と訊いてきた親戚だったが、そのたびに泣く春代のために、もう言わないで欲しいと顕の方から頼んだのだった。が、今度はそれが気に入らないと泣く。

付き合っていたときから、やきもちを焼く子だな、とは思っていたのだ。若い頃はそれすら可愛いと思っていた。しかし結婚してみれば、それが問題になるものだと身に染みる。

「俺、喪主だからそろそろ行かなきゃいけない。だから出てきてくれよ」

そう頼むと、「じゃあ、約束してくれる？」とすすり泣く声が聞こえてくる。何を？　と訊ねると、

「絶対に美樹さんや親戚の人と電話したり連絡とったりしないで。私の味方でいて」

今思えば、ここで安請け合いをしてはいけなかったのだと分かる。が、急いでいたし、何より本気じゃないだろうと思っていたのだった。

「分かった。約束する」

これが、全ての始まりだった。

葬式から二週間が経ったとき、美樹から携帯に連絡があった。これからはお袋一人になるから、お互い週に一度は顔を出せないか、という相談だった。

「今、私は水曜日に顔を出してるんだけど、土日のどっちか、お兄ちゃん、顔を出せない？　買い物に連れていってあげるだけで、違うと思うんだけど。

ほら、やっぱり気落ちしたらボケたりするって言うじゃな……」

我が妹ながら、ちゃんと考えてるな、と思ったところで携帯が手の中からなくなった。後ろを振り返ると春代が、仁王立《におうだ》ちで携帯を取り上げ、電源を切ったところだった。

「何するんだよ」

驚いて訊ねると、「だって、連絡とらないって約束したでしょ？」と逆に驚かれた。

「忘れたの？　私の味方でいるって言ったじゃない。どうせ今のだって、私の悪口なんでしょう？　この間のこと、根に持ってるんでしょう？」

「そうじゃないって……」

取り返そうとするが、春代はうまくかわして、「じゃあどうして家の電話じゃなくて携帯にしてくるの？　私に聞かれたくないからじゃないの？」と、激昂《げきこう》する。

そうじゃない、と何度話しても、春代は納得しない。そうこうしているうちに、勝手に切れた電話を美樹が不思議がり、今度は家の固定電話にかけてきた。

「もしもし。美樹さん？　春代です。ちょうど充電が切れたみたいで」

よそ行きの声で電話に出た妻を、顕は初めて怖いと思った。


今では、美樹には何か用事があるなら、平日、会社の昼休みの時間に電話をしてくるように伝えてある。訝《いぶか》しがる妹には、本当のことを言わなかった。

——お前が電話をしてきたら、妻に殴られる。


そんなことを言える男が、この世のどこにいるだろうか。

顕は誰にも相談できずにいた。一体誰に相談ができるだろう。職場の人間に言えばすぐに噂が広まり、出世に響くかもしれないし、妹に言えばこう言われるに決まっているのだ。

——だからお父さんが言ったじゃない。顔ばかり良くてもあの人とは結婚しない方がいいって。悩みを打ち明けられて、そのまま付き合って結婚なんて、流されたのよ。

そう言われてしまえば、ぐうの音も出ない。

「……本当は美樹さんと会ってたんじゃないの？　私の悪口を言ってたんじゃないの？」

勢いをなくした春代は、顕に跨《また》ったまま、そう訊ねた。

「……会ってない。一人で飯を食べてきただけなんだ。本当に悪かった。春代が待ってるって分かってたのに」

息も絶え絶えにそう謝る。

「今度やったら、美樹さんやお母さんに電話するわよ？　離婚して、慰謝料をもらいますって。美樹さんにもお母さんにも請求するわよ。

分かったわね？」

「分かった。本当にごめん。今からご飯作るから」

夫の上から立ち上がると、春代はようやくにっこり笑い、「これを食べましょうよ」と、廊下に落ちていた袋を拾い上げた。

「せっかくあなたが買ってきてくれたんだもの。ご飯は炊《た》いてあるの。私、あなたのことが大好きなんだから。あなたが買ってきてくれたものを食べたいわ」

そう微笑む妻の笑顔が、今では恐ろしいものにしか見えない。


打って変わってご機嫌に食事をすませた春代は、さっきまでの怒りを忘れたように顕の隣で寝息を立てている。そっと立ち上がり、背広のポケットから一錠の薬を取り出すと、台所へと急いだ。不眠症で心療内科にかかっていることを、妻には話していない。薬も見つかったら何を言われるか分からないから、職場のデスクの中に保管し、一錠ずつ毎日持って帰っている。

コップに水を汲《く》むと、薬を口の中に放り込み、一気に飲み下す。今もし春代が起きてきても、喉《のど》が渇いたから、と言い訳ができるだろうと、冷めきった頭で考える。口の中が苦い。早く眠気が来て欲しいと願いながら、トイレへ行き、便座に座って頭を抱える。

妻の横で眠れなくなって、どれくらいが経っただろう。病院では仕事のストレスでしょうと言われたけれど、自分では何が問題かちゃんと分かっていた。が、その解決方法は分からずにいる。

ふっと口の中に、さっき食べたトンカツの味が蘇《よみがえ》り、「カツムラ亭」で良くしてくれた女性、瞳子のことを思い出した。健気《けなげ》に働き、介護をし、それでも笑っている彼女の姿が、母の笑顔に重なって見えた。

結婚してるのかと訊ねられ、独身だと答えた自分が分からない。嘘をついてどうしようというのか。――ただほんの少し、夢を見てしまったのかもしれない。

――もし、彼女みたいな人と結婚していたら、違う人生があっただろうか。

顕は今更考えてもしょうがないことを思い浮かべたが、馬鹿馬鹿しいと一蹴《いっしゅう》し、寝室へと向かった。

第二章

＊

太陽が明るいうちに、男性と向かい合ってお茶をするなんて、瞳子にとっては顕が初めてだった。――神田と会うときはいつだって人目を忍ぶ時間帯だ。ましてや陽気なBGMが流れる喫茶店は、神田と瞳子には似合わない。

アイスティーを飲みながら、こっそりと前に座る顕の表情を盗み見ると、彼もまたこちらの様子をうかがっていた。その様子が小動物のようで、思わずふっと表情が緩んだ。

「……何か顔についてますか？」

顕は右手で自分の顔を触り、ガラス窓で確認した。どこか自信なげな様子が可愛く、瞳子は、違うんです、とすぐに声に出すことができた。

「この間の、待合室でのことを思い出して。おかしくなってしまって」

瞳子が告げると、顕もまた、ああ、と笑ってくれた。

薬が効いているのかいないのか分からないから、もう病院通いはやめようかと思っていた。けれどもしかしたら顕もまた、同じ時間に予約しているかもしれない、――

もう一度会えるかもしれない――、と期待し、自分は何を考えているのだとすぐさま自己嫌悪に陥った。

自分には母がいる。母のことを横に置いて、何を浮かれているのだ。が、期待した通り顕を待合室で見つけたとき、向こうもまた入ってきた瞳子を見て、嬉しそうに笑ってくれたのだった。

「予約はいつもこの時間なんですか？」

同時にそう訊ねていて、場所に合わない声で笑い合ったのだった。

お互い二週間おきに通っていることを知り、もし良かったら診察の後、お茶でもどうですかと誘われ、同じビルの一階にある喫茶店でほんの三十分、話をするのが習慣になっている。彼は午前半休を取って通院しているらしかったし、瞳子も家に帰ったらすぐに店の仕事と母の介護で時間がない。だからお互い軽く昼食をとるので話す余裕はあまりなかった。が、この習慣を続けてくれているのは、彼もまたこの時間を楽しんでいるからだろうと素直に思うことができた。

いつも通り、彼はコーヒーとピザパン、瞳子はアイスティーとサンドイッチをとり、店を出た。夏らしい気候で、降り注ぐ陽《ひ》の光が眩《まぶ》しく、額の汗を拭《ぬぐ》った彼の長袖《ながそで》の袖口から覗《のぞ》く痣《あざ》をくっきりと照らしていた。

「……その後、大丈夫ですか？」

瞳子が訊ねると、顕は「なんとか」と苦笑した。

彼の身体に痣があると知ったのは、喫茶店で初めてお茶をしたときだった。店の冷房が壊れていて、背広を脱いだ彼は腕をまくったが、すぐにそれに気づき、慌てて袖をなおした。瞳子は気づかないふりもできたはずだった。が、お互い同じ病院に通っているし、どうしても放っておけなくて、迷ったけれど結局訊ねることにした。

「その痣はどうされたんですか？」

顕はさらりと冗談でも言うように軽く、「恥ずかしい話ですけど、実は一緒に暮らしている弟から暴力を受けてましてて」と答えた。

「病院の先生には言ってないんですけどね。まあ、それで不眠症になって、薬をもらいに通ってるんです」

「……暴力って、一緒に暮らしていて大丈夫なんですか？」

「まあ、なんていうか、普通にしてたらいいやつなんですよ。ただ、約束を破ると大変なことになるっていうのかな。……ほら、家族だって自分とは別人なんですから。家族だって分かり合えないこともあるし。いいところも悪いところもありますよ、ね」

　一生懸命、弟のフォローをする顕は、まるで自分のようだった。何より彼は神田より家族というものを分かっている。

　──家族だって分かり合えないこともある。

　その言葉がどれほど瞳子の背中を押してくれただろうか。小説や映画で仲の悪かった家族が苦難を乗り越え、ハッピーエンドへと向かうたびに、瞳子は「現実はそうじゃない」と捻《ひね》くれたことばかりを考えていた。

「分かります。私もいろいろありますから。

　……例えば、レジ誤差」

　瞳子が言うと、レジ誤差？　と顕は訊き返した。

「はい。最近、レジの釣り銭が合わないって父と兄が言ってるんですけど、レジを担当してるのって私とバイトの子の二人なんですね。なのに、父は私だって決めつけて。

　新しく入った子に辞められたら困るっていうのは分かるんですけど、なんか、腑《ふ》に落ちないなって」

「それは、辛いですね。瞳子さんの方が長くやってるのに」

「そうなんです。父は何でもうまく収まればいいって性格だから、私に押しつけてるのが分かるんです」

そこまで話して、自分の話があまりに小さくて「すいません一緒にして」と謝ると、

「謝らないでください。同じことですよ。分かってもらえないのは辛いです。特に、家族には」

そう、言ってもらえてほっとした。——嫌われたくなかった。

「それにしてもあの受信機を見たときはびっくりしました。お袋が使っていたのを思い出しましたよ。ブザーの音楽も『エリーゼのために』ですもんね」

彼がそう言ったので、瞳子は頷いた。

「はい。普通に電子音もあるんですけど、音楽の方が気持ちが楽になるかなって。忙しいのに変わりはないんですけど」

「分かります。うちの母親も言ってました。私はこの曲が好きだから、お父さんに呼び出されるたびに鳴るのが嬉しいのって」

「良いご夫婦だったんですね」

瞳子が言うと、頷き、

「……結婚したら、あんな風になりたいと素直に思います」

そう笑った。

「今度は、お昼にお店に行きます。会社から近いんで」

「ありがとうございます」

そう約束をし、お互いドリンクを飲み干した。

ストローに、神田からもらった口紅がついていて、瞳子は一瞬、ドキリとした。他の男からもらった化粧品で着飾るなんて滑稽《こっけい》だと思ったけれど、今日は顔色がいいですねと言われて、純粋に嬉しかったのだった。


彼は数日後、本当にランチを食べに来てくれた。顔を見るだけで幸せな気持ちになるなんて、初恋のようだと思う。

ピークの時間帯で、話すことは儘《まま》ならなかったけれど、帰りは顕を外まで送り、外の椅子《いす》で待っているお客さんを店の中に誘導した。が、途端に雨が降ってきて、お客さんはちょうど店に入り切れたが、顕は傘を持っていない様子だった。

「会社まで走って帰ります」

軒下から飛び出そうとしたから、袖を摑《つか》み、

「ちょっと待っていてください」

そう呼び止め、店に置いてあったコウモリ傘を渡した。

「これ使ってください」

傘を広げ、どうぞと掲げると、彼はありがとうございます、とひょいと身をかがめて中に入ってきた。顔が近くて思わず視線を逸らす。

その途端、ふっと傘を下げられ、唇《くちびる》にキスをされた。

「……すいません」

そう謝られ、「大丈夫です」と間抜けな返事をしてしまった。

彼は、お借りします、と傘を持ち、走り去っていった。

*

母のベッドの傍《かたわ》らに布団を敷いていると、「あんた、わたしを捨てるきなの」と突然訊ねられ、驚いて振り返った。母が顔をこちらに向けて睨んでいて、「なんでそんなこと」と思わず訊いた。

「男のきゃくが、よくきてるっていってた。あんたの彼氏なんでしょ」

一瞬、神田の顔が思い浮かび、ひやりとしたけれど、今更、店に来ることで咎められるわけがない。昼間に来ていた顕のことだと思い至ると、

「誰がそんなこと言ってたの？　病院で知り合って店に来てくれただけだよ。お母さんのこと置いてどこかに行くなんて、するわけないでしょう？」

そう弁明したけれど、まだ納得いかない様子で瞳子を疑っていた。ベッドに近づくと母の手を取った。ふと爪が伸びているのが視界に入ったけれど、今切るわけにはいかない。母はきっと言うだろう。──私の死に目に会いたくないの、と。

「絶対に、どこかに行ったりしない。約束するから安心して」

そこまで言うと母は安心したように、ならいいけど、と目を閉じた。

「用事があったらブザー鳴らして起こしてね」

瞳子はそう言うと、枕元に受信機を置き、タオルケットを頭から被《かぶ》った。朝までに一度はトイレに行きたいと言うだろうし、途中で寝がえりを打たせなければ床ずれしてしまうから、早いところ寝つかなければ明日に響く。が、傘の陰《かげ》でそっと一度、唇が触れただけの顕とのことは疑うのに、神田とのことには全く気づいていないことにほっとし、そして少し気抜けする。母は瞳子のことを何も分かっていない。

母の寝息が聞こえ始めると、気づかれないように背中を向け、母の入院中に買った

ポータブルDVDプレイヤーの電源を入れ、大好きなドラマを音を出さないようにして再生した。もう何百回と観《み》たそれは瞳子にとって子守唄《こもりうた》のようなものだった。ドラマの主人公は難病に冒されていて、家族にも、恋人にも愛されている。彼女になれたらどんなにいいだろう。そう思わずにはいられなかった。

——ヒロインのように、みんなに惜しまれながら死にたい。羨《うらや》ましい。


そう、聡美にこぼしたことがあるが、こっぴどく叱られてしまった。

「あれはそういうドラマじゃないでしょう? 生きたくても生きられないヒロインが、最後まで諦めなかった。そういう感動的な話でしょう?」

そう言われたとき、彼女との間に埋め切れない溝を感じた。瞳子には一瞬だって思い浮かばない考えかただったのだ。彼女はとても健康的な人だと思う。きっと自分のように考える人はこの世には少ないのだろう。

そんな彼女が自分の友達でいてくれることは、奇跡のようだと思う。

中学生のとき、ほとんどの生徒が部活に入っていたけれど、店の手伝いをするため、瞳子は帰宅部だった。店でも祖母は母に辛辣《しんらつ》だったから、一緒の空間にいて、なるべく助けになりたかった。野球部に入って夜まで帰ってこない兄の無神経さに、いつも苛立《いらだ》っていた。母の味方は自分しかいないと思っていた。

東聡美と仲良くなったのは、彼女もまた、同じクラスで帰宅部だったからだ。彼女の家も自営業で、手伝いをするというのも一緒だった。授業が終わると「早く帰ろう」と、彼女が誘ってくれることで、教室の中で一人ぼっちだと思われることがなかったように思う。サバサバとした性格で、友人も多い聡美だったけれど、なぜかその中でも瞳子を気に入ってくれている様子だった。彼女いわく、「家の商売を手伝っている人に初めて会ったから」だそうだけれど、それでも嬉しかった。

クラスの女の子たちが計画した夏祭りに行くことにしたのも、彼女が誘ってくれたからだった。女の子たちが楽しそうに浴衣を着る計画をしているのを聞いていると、自分が行くのは場違いな気がした。けれど、「何食べたい？　やっぱ焼きそば？」などと楽しげに訊いてくれる聡美のおかげで、重い腰を上げることができた。

母に友達とお祭りに行く、と告げたときの顔を、何と喩《たと》えたらいいのだろう。瞳子のことを全て信じられないとでも言いたげな母は、「行きたかったら行けば」とだけ言ったのだった。

本当に出かけることは正しかったのだろうかと考えたけれど、いつもの通学途中にある公園がぼんぼりの光に包まれ、焼きそばのソースや蚊取り線香の香りが漂ってくると、自然と気持ちが高揚《こうよう》した。

公園の前に自転車が並んでいて、クラスの子たちの中に聡美の姿を見つけると、手を小さく振って走り寄った。その姿を見て、彼女は何か異質な物を見たように、ぱっと目を一瞬背けた。が、すぐに瞳子に手を振り、「来た来た」と笑った。

結局、クラスの子たちと一歩距離を置いて、瞳子は聡美と出店を回ったり、盆踊りを眺めた。その間じゅう、口数が少なかった聡美がとうもろこしを食べた後、「訊きたいことがあるんだけど」と切り出した。

「なあに？」

瞳子は綿菓子を口で溶かしながら、そう訊き返した。彼女は耳元に口を近づけ、

「……瞳子ってさ、まだブラジャーつけてないの？」

そう訊ねてきた。

いつも声の大きな彼女がこっそりと耳打ちしてきたことで、それは言いにくいことなのだと気づき、返事をしにくく、ひっそりと首を縦に振った。

「制服のときは気づかなかったんだけど、小さいTシャツ着てたら目立ったから。そ

れちょっとヤバいよ。瞳子、胸大きいしさ」

櫓《やぐら》の上で叩く太鼓の音が聡美の声をより小さくしてくれて、それだけが救いだった。

「……お母さんに、買ってって言えなくて」

「いや、普通、言わなくても、買ってくれるもんだと思うけど。なんか訳《わけ》あり？」

瞳子は顔から火が出そうになりながら、頷いた。彼女は、そっか、と呟き、それ以上追及しなかった。どうしても言えなかった。ブラジャーを買って欲しいと言ったとき、母に「いやらしい」と一蹴されたこと。お祖母ちゃんそっくりと言われたこと。それ以来、ブラジャーのことは禁句になっていること。

「これ、よかったら」と紙袋に入れてそれを持ってきてくれたのは、夏休みが明けてすぐのことだった。いつも通り、小説を貸してくれるのかと思ったら、中に入っていたのは、可愛らしい水色のブラジャーだった。

「……もし余計なことだったら謝る。ごめん。しかも使い古したのじゃなきゃ親にばれそうだったから新品じゃないし、サイズも違うと思う。

だけどさ、やっぱりそのままじゃヤバいよ」

瞳子はそれまで知らなかった。ブラジャーをしていないことは、ここまで心配されるほどのことなのだということを。

それから瞳子は、お年玉で自分でブラジャーを買うまで、聡美からもらったものをこっそり風呂場で洗い、ばれないように乾かして、使いまわした。自分で買ってからも、母にばれないように。怒られないように。結局母は、瞳子に一枚だって買ってくれたことはない。

母がどうして買ってくれなかったのか、瞳子には分からない。が、なんとなく、母が自分に対して、「女性」として張り合っているのだと気づいたのはその頃だった。店の手伝いも、お客さんの前に出る仕事ではなく皿洗いが主だった。それは「瞳子ちゃんは目が大きいから眼鏡じゃなくてコンタクトにしたらもっと可愛くなるのに」とお客さんに言われた翌日から決まったことだった。

自分は母にとって、祖母の分身でしかないのだと、疎《うと》ましい存在でしかないのだと、あのとき思った。が、母を恨む気持ちはなかった。祖母が母に優しくしてくれたら、自分が母に嫌われることはなかった。

——祖母さえいなければ。

その気持ちはどんどん、大きくなっていた。

＊＊

お母さんの様子がおかしい、と妹の美樹から電話がかかってきたのは、正午を回って五分ほどが経ったときだった。会社の昼休みで、「カツムラ亭」へ行こうと財布と携帯を手にしたところだった。廊下を急ぎながら顕は電話に出た。

「おかしいって、どういうところが？」

そう訊ねると、

「毎週行ってて少しも気づかない？　お兄ちゃん、買い物したらすぐ帰るから分からないのよ。物忘れがすごく酷いじゃない。電話をかけてきても、五分おきに三回も同じことを話して、忘れてるのよ？　お兄ちゃん気づかないの？」

「俺の前ではしっかりしてるよ。お前の勘違いじゃないのか」

建物の外に出ると陽の光が眩しく、始まったばかりの季節を感じた。

「勘違いじゃない！　もー、しっかりしてよ。電話だって会社のお昼休みにしかしたらダメって意味が分からないんだけど。結婚したら私たちはもう家族じゃないってわけ？」

「そういうわけじゃないけど、いろいろあるんだよ」

「いろいろって何よ」

春代の顔が思い浮かぶが、言えるわけがないと、頭を横に振る。

「とにかく、お袋のことは日曜日に行ったときに気をつけとくから。飯食べなきゃいけないから、切るぞ」

まだ耳元に妹の声が残っていたが、それを振り払うように電話を切り、ポケットに押し込んだ。春代のことだけで精一杯なのに、これ以上厄介事を抱え込むのはごめんだった。

「カツムラ亭」に着き、「とん勝定食」を頼むと、瞳子はこちらに微笑んでくれた。週に二度ほど、会社の昼休みに「カツムラ亭」に通うようになってから、少し寝つきが良くなってきた気がしていた。家に帰れば緊張しなければいけないが、この店では心からリラックスできた。常連客から何度も「兄ちゃんが瞳子ちゃんと結婚してくれたらなあ」と言われたが、顕もまた、同じように思っていた。もし、独身だったら、瞳子のような人と結婚したのにな、と思う。彼女のような人を親父に紹介していたら、何て言っただろうか。

トンカツとご飯を運んできたバイトの優良を眺めながら、「ああ、若いっていいな」とつくづく思う。希望と可能性に満ちている彼は、多少老けて見えても、光り輝いて見える。

「そう言えば、にーちゃん。今朝のこと聞いたか？」

トンカツを口に運んでいると、隣に座っていたおじさんに声をかけられた。

「今朝って何のことですか？」

「店に嫌がらせの貼《は》り紙《がみ》がされたんだってよ。〈死んでしまえ！〉ってさ。誰に向かって言ってんだか知らねえけど、酷いだろう？　なあ、瞳子ちゃん」

他の客の応対をすませた瞳子は、曖昧に笑った。

「酷いっすよね。客商売だってのに」

長年働いているかのように堂々としている優良に、「お前が分かった風なこと言うなっての」と瞳子の父が突っ込み、笑いが起こる。

「うちの母ちゃんが寝たきりだって分かってて、あんな嫌がらせすんのかねえ。本当に困ったやつがいるもんだ」

瞳子の父の声に、そうだそうだと、常連客も賛同する。

「大丈夫ですか？　警察に届けたりした方がいいんじゃないですか？」

た。

顕がそう言うと、

「大丈夫です。心配しないでください」と、瞳子は声を潜めた。

詳しく話したくないのだろうかと、それ以上訊くのはやめて、味噌汁に手を伸ばした。

＊

「で、犯人は分からずじまいなのか？」

神田はいつも通り爪を切りながら、瞳子に訊ねた。彼のご両親が亡くなっていると知っていても、どこか落ち着かず、そわそわと視線を外した。

「はい。ただの悪戯《いたずら》だといいんですけど」

「けど？」

神田は顔をあげて、ちらりとこちらを見た。

「……母が、犯人らしき人を見たって言ってて」

「お母さんが？　でも玉稀ちゃん、一人で歩きまわれないだろう？」

「母のベッドから窓の外がちょうど見えるんです。それで、知らない男の人が見上げてたって騒いでて」

「客の一人ってことはないのか？」

「母が店に出ていた頃は見たことがない人だったたって」

が、母は犯人の目星をつけていた。


――あんたが、びょういんであったたって男だよ。よく、でいりしているのをみかけるんだ。


そんなことがあるわけないと瞳子は断言できたけれど、母の言葉に反論はしなかった。言い返せば何百倍にもなって返ってくるのは分かっている。会ってから日も浅いけれど、弟さんからの暴力に耐えている彼は、何かされることがあっても、人を傷つけるようなことはないはずだと、瞳子だけは信じてあげたかった。

「とにかく気をつけた方がいいぞ。店に悪い評判が立ったらお父さんたちも困るだろう」

「はい」

返事をすると、神田はすぐに爪を切るのを再開した。パチンパチンと爪を切る音だけが部屋に響く。瞳子は急に、どうして自分はこの人とホテルにいるのだろう、と違和感を抱いた。どんなに身体が繋《つな》がろうと、本当に分かり合えたことなんて一度だってない。それなら、あの喫茶店で向かい合って話をしているときの顕の方が、よっぽど意思疎通がはかれている。

神田に抱かれている間、ずっと相手を顕だと考えようとしていた。が、それはうまくいかなかった。きっと、顕はこんな風に強引には抱かないと思うから。

顕に出会ってから、あられもない格好で神田に抱かれていても、それはただの作業のようになってしまった。反対に、ほんの少し顕に触れるだけで、自分が壊れるほどに鼓動が速くなるのが分かった。――伝票を先に取ろうとして触れた指先の温《ぬく》もりは、思い出すだけで心が丸く、柔らかくなる。

顕が週に二度、ランチを食べに来てくれるようになって、本当に好きな人というのは、顔を見るだけで幸せになるのだと身に染みている。そして、相手も好意を抱いてくれているかもしれないと思えると、日々の張り合いも出てくるものらしい。が、あのキスの意味についてはまだ訊ねられていない。明らかにするのが、怖いのだった。――もし彼が、神田と同じように、瞳子を抱きたいだけだったら。それなら何も知らない方がマシだった。

瞳子は頭には絶対に、神田とのことを知られたくなかった。——彼の前では綺麗なままの自分でいたかった。

それなのに流されるまま、神田に別れを告げられない自分がいる。

*

日曜日の店内は、常連客より観光客の割合の方が多い。

瞳子が以前よりずっと増えた外国人に拙《つたな》い英語で対応していると、優良が横から割って入ってきて、流暢《りゅうちょう》に応対してくれた。

「……すごいね、英語しゃべれるんだ」

「俺、国際学科なんで。英語圏の客は任せてもらっていいっすよ」

瞳子はなんとか微笑むと、自分は本当につまらない人間だと落ち込んだ。

最初こそやる気のない若者の代表のように見えた優良は、今ではすっかり店の戦力だ。

「最近多いっすよね、旅行客。朝バイトしてるコンビニにもよく来ますよ」

そう、屈託なく話しかけられ、瞳子は自分が高校生の頃に戻ったように居心地が悪くなった。彼はきっと学校でも、たくさんの友人に囲まれている。聡美側の人間なのだろう。

「優良くんって、朝もバイトしてるんだ」

なんとか瞳子が訊ねると、彼は少し戸惑ったように、

「あ、はい。欲しいもんとかいろいろあるんで」と答えた。

会話を続けるのが苦しくなっていると、ちょうど、『エリーゼのために』が鳴った。母のトイレに付き添うと、ほんの一息、と廊下にしゃがみ込み、携帯を覗き込む。今の瞳子にとって、顕から来た何気ないメールはお守りのようだった。


お互いがんばりましょう。

元気にやってますか。

今日はありがとう。


聡美も同じようにメールをくれたり、店に来て励ましてくれたりする。ありがたいことなのに、顕のそれと同じように響かないのは、男女の性差ではなく、境遇の差だと思う。彼女に辛いことがないなんて傲慢《ごうまん》なことを言うつもりはない。が、家族に恵

まれないという点では、どうしても顕の方がよく分かってくれると思ってしまうのだった。

もう随分機種変更していない携帯を眺めていると、急にそれが震え、驚いた。

相手は、顕だった。

いつもはメールしか送ってこないのに、一体どうしたのだろうかと思い、電話に出る。

と、彼は震える声で言った。

「……あ、あの」

何かに追い立てられているような彼は、その続きをなかなか言わない。

「どうしたんですか？　弟さんに、また何かされたんですか？」

声を潜めて、そう訊ねる。が彼は、俄《にわか》には信じがたいことを口にした。


——妻を、殺してしまいました。


想像だにしていなかったことに息を呑んだ。

結婚していないんじゃなかったのか。

——そして、殺してしまったって。

暫《しばら》くの間、返事ができずにいたが、

「……すぐに行くから、待っていてください」

無意識のうちに、そう言っていた。

＊＊

家に帰ったら、携帯電話は妻に渡している。土日はもちろん使うことはできない。

——消したくはないが瞳子のメールや着信履歴、電話番号からメールアドレスまで、全てを携帯には残していない。手間だったが毎回手打ちで入力しているため、もうすっかり手に馴染んでしまっている。

美樹からの電話が鳴ったのは、ちょうど二人でソファに座り、借りていたＤＶＤを観ていたときだった。チェストの上に置いてあるカゴに、春代は自分の携帯と一緒に顕のものも入れている。微《かす》かな振動が、春代の至福の時間を邪魔した。

いつも通り、よそ行きの声で出た春代に、顕は少し警戒をしながら、ＤＶＤの再生を停めた。しん、と静まり返ったリビングに、美樹の声が微かに聞こえる。

「ごめんなさい、顕さん、体調が悪くてもう寝てるの。何か伝言があったら伝えるけど？」

春代は振り返り、顕の顔を睨んだ。思わず、身が竦《すく》む。この後起ることを考えると、動悸がする。

分かったわ、伝えるわね、と早々に電話を切り上げた春代は、「昼休み」と、口を開いた。

「この間、昼休みに話したことの続きを相談したいから、明日、実家に行くので話せないかって。

ねえ、なあに？　昼休みってどういうこと？」

「それは」

「私に、秘密で、昼休みに連絡を取り合ってるってわけ？」

春代はクッションを摑み、それで顕の頭を殴り続けた。

「ごめ、お袋のことで」

「結局、私のこと馬鹿にしてたんでしょ？　家族みんなで私を除《の》け者《もの》にしてるんでしょ？」

「そういうことじゃない、聞いてくれ」

クッションを摑み、引き寄せると、思いの外、簡単に春代は顕の身体の方に倒れてきたので、咄嗟にそれを支えた。

「お袋の様子がおかしいらしいんだ。そのことで話し合うだけだから」

反論される前にそう捲《まく》し立《た》てた。が、

「じゃあ、何でこそこそ昼休みに連絡とってるの？　やましいことがないなら、家に帰ってから連絡とればいいじゃない」

「いや、お前が連絡とるなって言うから」

「何、私のせいだって言いたいわけ？」

「そうじゃなくて、お前に勘違いさせたくなかったから」

「勘違いって何よ。こそこそしてる時点で仲間外れにしてるのも同じでしょう」

「違うんだ。勝手に妹から電話をかけてきたんだ。本当にお袋のことを言われただけで」

「そう言いながら、私との時間を減らそうと思ってるんじゃないの？」

何を言っても、反論されて、頭が回らなくなる。春代は興奮してどうにも止まらなくなっていた。こうなったらどうしようもない。顕が冷静でいなければ、血を見ることになる。クッションを取り上げられ、叩かれるのを覚悟した、が――。

「今更、あのいかれたババアをどうにかしようったってしょうがないわよ」

あまりに慈悲のない言葉に固まった。春代は立ち上がる。

「毎週、毎週、家に行ってたのに分からないの？　お義母《かあ》さん、とっくにボケてるじゃない。それを今更、あなたも美樹さんも、遅いのよ」

春代は勝利のカードを握ったように微笑み、

「ほんと、あのクソババア、死んでしまえばいいのに」

その勝ち誇ったような顔を見た瞬間、もうダメだった。

今まで抑えていたものが一気に溢《あふ》れ、テーブルの上に置いてあった花瓶《かびん》を手に取り、妻の頭の上に振り下ろしていた。気づいたときには、妻はフローリングの上に倒れ、頭から血を流していた。彼女の上に散らばった花瓶の破片がキラキラと輝いている。

はっと我に返り、妻の身体を抱き起こした。さっき支えたときと同じように温かいのに、絶望的に息をしていなかった。怖くなり、手を離すと、どっ、と鈍《にぶ》い音をたてて倒れた。

——どうしたら。

両手やTシャツについた血が急に視界に入り、パニックになると、浴室へと走った。着衣のままボディーソープを手にとり、泡立《あわだ》てて身体じゅうを擦る。泡がピンク色に染まり、排水溝に流れていくのが見えて、泣きたくなった。身体に張りついた服をはぎ取り、風呂場に残したまま、寝室へと急ぐ。新しい服に着替えると、いてもたってもいられなくて、車のキーを手に、外へ飛び出した。

——今日はお袋のところに泊まろう。なんだっていい。理由をつけて、泊まらせてもらおう。お袋なら深く追及してこないだろう。

車に乗り込むとき、街灯にとまって鳴く、一匹の蟬《せみ》を見かけた。昼夜逆転しているそいつに、全てを見られていた気がした。

「なに、お兄ちゃん。昨日泊まったの？」

いらないと言うのに朝ご飯にと、お袋が用意したご飯と味噌汁を、なんとか胃袋に押し込んでいると、美樹がやってきて、呆《あき》れたようにそう言った。

「お義姉《ねえ》さん、よく、文句言わなかったわね。体調が悪いんじゃなかったの？」

そう訊かれ、

「……春代は今日から友達と旅行」

辛《かろ》うじて嘘を思いつき、そう答えると、

「ふーん。お義姉さん友達いたんだ」

と、疑うことなく、すんなり受け入れられた。

「お前こそ、子供はどうしたんだよ。連れてきてないのか」

話題を逸らそうとそう訊ねると、美樹は声を潜め、

「お母さんが認知症じゃないかって話をするのに、子供連れてきてどうすんのよ」

と、一蹴した。

「で、どう？　泊まってみて」

母が台所へ行った隙《すき》を見て美樹が訊ねる。

「どうって」

「週に一度来るだけじゃ分からないから、泊まってみたんじゃないの？」

苛立つ妹に圧倒されながら、ああ、と答える。が、正直、それどころではない。家では妻が血を流して倒れているのだ。が、どこかで淡い期待を抱いていた。息をしていないと思ったけれど、慌てていただけで、本当は生きていたんじゃないか。あの後、彼女は自分で電話をし、救急車を呼んだに違いない。が、未《いま》だ連絡が来ていないのは、自分が携帯電話を忘れてきたからなんじゃないのか。そんなことが頭を巡ってしょうがない。

「……ごめん、ちょっと分からない」

大きな溜息をつく美樹に、悪いと頭を下げる。

「もういい。とにかく、病院に行った方がいいと思うから。お兄ちゃんから言ってよ。私が何回連れていこうとしても、大丈夫の一点張りなんだから。昔からそうでしょ。お母さんはお兄ちゃんの言うことなら聞くの」

妹が差し出した紙には、病院の名前と日付と時間が書かれてあった。

「病院、予約したから。先生には認知症の診断だって言わずに、健康診断の一環だって言ってもらうように話してあるから。ここまでしたんだから、お兄ちゃんが連れていってよ」

紙を見ると、金曜日の三時からだった。有休は取れる。

——だけど、そのときに自分は普通の生活をしていられるだろうか。まさか昨日起こったことを話すわけにもいかず、分かったと言って紙を受け取った。

毎週そうしているように、母を買い物に連れていくと、別れを告げて家へと戻った。

家の扉を開けるのが怖かった。

どうか生きていてくださいと祈りながらそっと鍵を開ける。生物がいるとは到底思えない静けさが、顕を襲った。聞こえるのはクーラーの低い唸《うな》りだけだった。

リビングに一歩足を踏み入れると、昨日のまま、妻はテーブルの近くに倒れていた。ジャンプしてくる吐き気を堪《こら》え、トイレへ走り、胃の中の物を全て吐いた。

——やっぱり自分は、妻を殺したのだ。

自首するべきだろう。でも、そうしたらお袋は、妹はどうなる。犯罪者の家族として生きていかなければいけないのか。

——誰か、助けてくれ。

心の中で念じるが、誰かって誰だ。

そんなとき、一人の女性の顔が、顕の頭に思い浮かんだ。彼女なら、話を聞いてくれるかもしれない。せめて、警察に行く前に、昨日あったことを聞いて欲しかった。

リビングへ行き、なるべく妻の顔を見ないようにして自分の携帯をカゴの中から取り戻す。携帯番号を押す指が、おかしいくらいに震えた。

「……あ、あの」

「……また何かされたんですか？」

彼女の落ち着いた声を聞くと、嗚咽《おえつ》が漏れそうになった。

息を吸い込み、ゆるゆると吐き出す。

「妻を、殺してしまいました」

言葉にした途端、それが現実のこととして迫ってくる。壁にもたれかかり、しゃがみこむと、目眩がした。――沈黙が怖い。いくら優しそうな彼女でも、独身だと偽っていた自分を許してはくれないだろうと、今更思う。

「……すぐに行くから、待っていてください」

耳元で声がして、ふと、我に返る。

「住所、教えてもらえますか？」

あの病院の下にある喫茶店で会う彼女より、ずっとしっかりとした声で、そう訊ねられた。

＊

母にはオムツをしてもらい、店は優良に任せて家を出た。父に、少しの間出てくると言うと、露骨に不機嫌な顔をされたが、

「すぐに帰るから。聡美の自転車がパンクしたみたいで。店のバン借りるね」

あまりに無理のある言い訳だったけれど、それ以上追及はされなかった。

車に乗ると熱気がこもっていて、すぐには握れないほどにハンドルが熱くなっていた。が、エンジンをかけクーラーをつけると、冷めるのを待つことなく、車を走らせた。

彼が小さな声で告げたその住所を、忘れないように何度も呟く。

国道沿いに出て暫く走っていると坂道が見えてきた。ゆるい傾斜地に広がる住宅街に同じような家が建ち並んでいるその様子はまるで迷路のようだった。

ようやく見つけたその家の前に車を停めると、表札を確認してインターホンを押した。弱々しい彼の声が聞こえ、「瞳子です」と伝える。がちゃりと鍵が開くと、憔悴しきった彼の顔が覗いた。

「入ってもいいですか？」

訊ねると、首を縦にふり、扉を少し開けてくれた。

リビングに通されると、テーブルの横に、一人の女性が倒れていた。まるで眠っているようなのに、頭から流れた黒い血が、そうではないことを物語っている。

その身体は暴力をふるうとは思えないほど華奢《きやしや》だった。

「……綺麗な人ですね」

え？　と言われ、場違いなことを口走ったと気づき、何でもありません、と誤魔化す。

「……弟さんじゃなくて、奥さんだったんですね」

「すいません。……どうしてもあなたの前では独身でいたくて」

その言葉を全て信じるには、瞳子は歳を重ね過ぎていた。が、

「……あなたの店に通っていることがばれて、逆鱗に触れてしまって」

そう告げられ、はっとする。

袖口から覗いていた痣。それに似た跡は彼の身体にどれだけあるのだろう。奥さんはどれだけの暴力を彼にふるったのだろうか。――それが自分のせいだとしたら。

「……自首するなら、私もついていきます。奥さんに暴力を受けていたことをきちん

と話せば、正当防衛だって分かってもらえるんじゃないですか？」

微かに彼の手が震えているのに気づき、自分がしっかりしなければと思う。

「……そうじゃないんです」

彼は瞳子から視線を外して言った。

「僕が彼女を……殴ったとき、彼女は僕に暴力をふるっていたわけじゃない」

「え？」

「彼女の言葉が、どうしても許せなかった。……あなたを侮辱されて、止められなかったんです」

瞳子は、一体どんな言葉だったのだろうかと思い浮かべたが、具体的に想像することができなかった。ただ、それすらも、やはり、〈暴力〉と言ってよいのではないかと思った。

「丹羽さんには身体に傷があります。それを見せれば、証明できるんじゃないですか？」

何としても彼だけを悪者にしたくない。が、彼は、

「ダメなんです。

彼女を殴って、一日経ってるんです」

その言葉は絶望的に響いた。

「……僕は、今の今まで、現実から逃げていた。すいません。来てもらって。誰かに味方になって欲しくて、つい頼ってしまって。

もっと早く、……妻と出会う前にあなたに出会いたかった。

一人で警察に行ってきます。本当に来てくれてありがとう」

微かに微笑んだ彼は、瞳《ひとみ》いっぱいに涙を溜《た》めていた。目の下の隈が一段と酷い。このまま一人にしてはいけない。

「……ダメです」

彼の手を握る。

「……だって、そんなのおかしいじゃないですか。いっぱい、いっぱい傷つけられてきて、丹羽さんが死んでしまうことだって、もしかしたらあったかもしれないじゃないですか。

お願いです。自首しないで」

「でも、このままにしておくわけにもいかないじゃないですか」

「……隠しましょう」

言葉にして、自分でもどうするつもりなのだと思ったが、止められなかった。——

彼にはもう奥さんはいない。そのことが頭を掠《かす》める。

「私も、人を殺して、隠してきました。

犯罪者です。

丹羽さんの手伝いをさせてください」

その言葉は、まるきりの嘘ではなかった。

「夜になったら、運び出しましょう。私、手伝います」

小さく息を吸い込む。そうしないと、今、言ったことを、側《そば》から否定してしまいそうだった。

＊＊

このまま一人でここに残しては行けない、と瞳子に言われ、車に乗り込み、「カツムラ亭」へと一緒に向かった。途中でばったり会い、店に来たことにしてくれと言われ、頷く。

助手席に座っている間じゅう、運転席の彼女が言った、さっきの言葉を思い出していた。

——私も、人を殺して、隠してきました。

下手な嘘だな、と思う。そこまでして自分を庇《かば》ってくれる理由は何なのだろうとも。こんなに情けない男の、どこがいいのだ。

——通報されたら怖いから、彼女のせいだと、嘘をついたのに。

咄嗟だったとはいえ、口からペラペラと嘘をついた自分に嫌気がさす。いつもそうだ。春代に対して、怒られないようにと口から出まかせを言ってきたことが身体に染みついているんじゃないのか。

そもそも助けを求めた時点で、自首をする気なんてなかったんじゃないか。卑怯《ひきょう》な自分に気づき、罪悪感を抱く。誰かに自分は悪くないと言って欲しかっただけだ。

店に着くと、「聡美の自転車、大変だったよー」と彼女は笑って父親に話していた。そういうことにして自分のところへ来てくれたのだと、車で話していたけれど、誰もそれを疑っていないように見えて、ほっとした。そして彼女はこれまでも、こんな嘘を何度も何度もついて、なんとか生きてきたのだろうと思う。

出された「とん勝定食」を口の中に入れると、親父の顔が思い浮かんで泣けてきた。

「お前はあの子のどこがいいんか。俺は好かん」そう言って結婚を反対されたのを不意に思い出し、申し訳ないことをしたと思う。結婚さえしなければ、妻は死なずにすんだのだから。——自分も殺人犯にならずにすんだのだ。

支払いをすませ店を出ると、「深夜一時にそちらに行きます」と瞳子からメールが入った。もうそれを消す理由もない。停留所に並び、バスに揺られて帰っていると、これからしなければいけないことが、頭の中を巡った。それは、小説やドラマで見てきたことと同じで、うまくいくようには思えなかった。

が、今は、やるしかない。

急に睡魔が襲ってきて、家までの間、微睡《まどろみ》に身を任せることにした。

第三章

自分の性格を一言で表すならば、「臆病《おくびょう》」がしっくりくると、瞳子は思う。

子供の頃から、全てのことが怖かったけれど、何より、笑われたり、怒られたりすることが怖くて、細心の注意を払っていた。誰かに「迷惑」と思われるのが怖かったのだ。

*

聡美は別の高校へ進学したため、また一人で過ごす時間が増えてしまった。分厚い眼鏡を男子にからかわれ、廊下をすれ違うときにヒソヒソ話をする女子を目《ま》の当たりにすると、どうしてもお腹が痛くなってしまうようになり、保健室で過ごす時間が増えた。次第にそれは登校前にも起こるようになり、学校に行ったり、行かなかったりする日々が続いた。ただただ、同年代の人と交わり、劣《おと》っているのを確認するのが怖かった。

そんな瞳子のことを母は叱ったが、祖母は怒らなかった。

「私に似て繊細なのよ、あんたと違って」

そう庇われることで、母の逆鱗に触れた。それでもどうしてもお腹の痛みを我慢できないのだった。

学校に行けなかった日の昼間は、ひたすら、本を読んで過ごしていた。物語の中に自分を見つけ、一人じゃないと励まされながら、夕方からは店に降りて、手伝いをした。そして夜にはノートに、自分だけの物語をしたためていた。

辛うじて高校を卒業できるだけの出席日数を保《たも》ちながら通学していた瞳子にとって、それからの人生は閉じていて、世界の終わりへと向かっていっているように思えた。高校を卒業した後、どう生きていったらよいか分からない。――世間へ出るのが怖かった。

そんなとき、自分の二歳上の先輩が、大学在学中に小説家としてデビューしたらしいと学校じゅうが騒ぎになった。保健室に登校していた瞳子の耳にも入るくらいの大ニュースだった。養護の先生が「この本なんだって」と貸してくれ、ベッドの中で夢中になって読んだ。

――作家になれば、私も生きていけるかもしれない。

今考えれば、なんて浅はかな考えだろうと思う。が、当時の瞳子にとってそれは一筋の光だった。

今までずっとノートに書き溜め、誰にも見せることがなかった話の中からひとつを推敲《すいこう》し、新人賞に応募した。人から評価されるのは怖かったけれど、自分にはそれしかない気がしていた。

が、結局、何の音沙汰《おとさた》もなかった。

自分には何かがある。——それはただの錯覚だった。

そんなときだった、祖母が脳溢血《のういっけつ》で倒れたのは。

手術は成功したけれど後遺症が残ると聞いて家族がまず心配したのは、誰が祖母の面倒を見るのかということだった。兄は大学に行っていたし、父と母には店がある。何もないのは瞳子だけだった。

「私が、やる」

そう言ったときの母の安堵した表情を、瞳子は今でも覚えている。

「ありがとう」

その言葉が、どれだけ瞳子を助けてくれただろう。

瞳子には役割ができたのだ。大学へ行かなくても、働きに行かなくてもいい。

――祖母を介護する。

生きていていい、と家族みんなに言われたような気がした。

＊

――そんな臆病な自分が遺体を隠そうと言い出すとは。

瞳子は布団をすり抜け、そっと一階へ降りると、店のバンに乗り込み、顕の家へと向かった。昼間見た風景とは違い、闇《やみ》の中へと駆け上っていくようだった。

もし途中で母親が起きたら、何て言い訳をしようか。頭の中でいくつか考えながら、車を飛ばす。彼の家まで大体二十分くらいかかる。母の散歩の時間までに帰らなければいけない。全てを終えて帰るまでにどれくらい時間が必要だろうか。

彼の家に着いて、インターホンを鳴らす。

リビングへ行くと、毛布に包まれた〈それ〉が横たわっていて、ガラスの破片も血の跡も綺麗に片づけられていた。

「本当にいいんですか？　やっぱり僕が自首するのが真っ当なことです。あなたを巻き込む理由はひとつもない」

「いいんです。手伝わせてください。私はあなたを助けたいんです」

顕に言われ、車を車庫に入れる。瞳子がトランクを開け、顕は〈それ〉の上部を、瞳子は足の部分を持って中に入れる。マネキンのように硬い足首に、瞳子の毛穴はぞわりと開いた。昼間はあれほど華奢で軽そうに見えたのに、硬直した〈それ〉は見た目以上に重かった。

顕がスコップを持ってきて、その横に入れる。

「絵武山《えむさん》の山中に埋めたらどうかと思うんです。前に行ったときに穴が開いていたのを見つけたんです。そこを利用したらどうかと思って」

「分かりました」

返事をすると瞳子は車を発進させた。

これがただのドライブだったらどんなに良かっただろうと、密《ひそ》かに顕の横顔をうかがう。例えばこれがもっと早い時間で、――二人の関係が恋人同士なら――、坂の上から見た景色はどれほど輝いて見えただろうか。

絵武山の中腹に着き、カーブミラーの下を目印にして車を停め、顕の指示で林を分け入る。ひとまず、〈あれ〉は車の中に置いたままにして、顕がスコップを持ち、瞳子が懐中電灯で先を照らし歩いた。漆黒の闇に包まれた山は、風ひとつなく、静寂に包まれていた。足を踏み入れる二人の足音は歓迎されていないように響き、木の影を見ては人と見間違えビクついた。

見つかった穴は誰かが悪戯で掘ったのか、そこまで大きくなく、結局、顕が掘ることになった。一見、柔らかそうに見えたけれど、思ったより土が固く、なかなか掘り進めないと言う。

汗だくになった顕は、獣のような声をあげながら、スコップを動かし続けた。懐中電灯で照らすことしかできない瞳子は、もどかしく感じた。

「丹羽さん。代わります。私にも掘らせて」

「でも」

「お願いです。役に立ちたい」

スコップを取り上げるようにして瞳子は交代した。スコップを跳ね返す土の力は、まるで〈あれ〉が埋められるのを拒《こば》んでいるかのようだった。

――お願いだから、静かに眠って！

身勝手だと分かりつつ、そう祈りながら、スコップを動かす。

「僕たちには、罰《ばち》が当たるのかな」

へたり込み、懐中電灯で照らしている顕は、誰に言うでもなくそう呟いた。

「……当たりません。だって、悪いのは奥さんだから」

「……そうでしょうか」

「そうです、絶対に」

瞳子は時々、自分が怖くなる。

――あのときも、同じことを思っていた気がする。

疲れたら交代して掘り続け、一時間ほど掘っただろうか。

一メートルほどの深さの穴を掘ろうとしたが、到底無理に思えた。いくら時間と体力があっても足りない。そう考えたとき、顕が、「そろそろいいんじゃないでしょうか」と言った。

二人で車に戻り、〈それ〉を運ぶ。汗と土でどろどろになった手から、何度も〈それ〉は逃げるように滑《すべ》り落《お》ち、思ったように運ぶことができない。手が痺《しび》れて力が入らないのだ。両手がふさがり懐中電灯が使えず、穴を掘った場所すら見失う。最後は転がすようにして運び、穴の中に落とした。本当は毛布を外した方が見つかりにくいんじゃないかと思ったけれど、どうしても怖くて、外す気になれなかった。ゴロゴロと転がった〈それ〉は、穴の中で仰向けになった様子だった。

それから土を戻し、木の葉や枝でカモフラージュし、帰る頃には更に一時間近く時間が経っていた。


顕の家に着いたときには四時半をまわっていて、早く家に帰らなければと焦っていたけれど、どろどろのままでは帰れない。さっと車中を掃除した後、シャワーを借り、用意してきていた服に着替えた。

家を出ようとした瞬間、顕に抱きすくめられた。

「……ごめんなさい。帰らないと」

「あとちょっとだけ、こうさせて」

首筋に頬を当てられ、そのまま服の中に手を入れられた。その手は瞳子の肌にひっかかり、手のひらに肉刺《まめ》ができているのだと気づいた。彼の温もりに、はしたなく欲情する。振り返ると以前とは違う、深いキスをされ、その続きを連想させた。

このままここに残りたかったけれど、そういうわけにはいかなかった。

――家で母が待っている。

家に着いたときには、五時すぎだった。部屋に戻ると、母は何ごともなかったように眠っていた。起こさないようにTシャツを脱ぎ、パジャマに着替えて倒れるようにタオルケットに潜り込む。

もう引き返せない。

身体じゅうが痛い。筋肉痛が後から後から追いかけてくるように瞳子の身体を痛めつける。もう数十分もしたら、朝の散歩の用意をしなければいけないけれど、行けるとは到底思えない。目が冴《さ》えて、夏なのにどうしようもなく寒気がする。あの人は、——顕はどうしているだろう。そう思った瞬間、携帯が震える。

——ごめんなさい。ありがとう。

メールを読んだ途端、謝らないでと、携帯を抱きしめる。瞳子にも分かるのだ。

——人はふとした瞬間、殺意を抱くことがある。

そして、それを実行してしまう気持ちも。かつての過ちを昨日のように思い出す。が、誰にも言えない。言えるはずがなかった。

だからそれを自分に打ち明けてくれた顕を、自分のように感じた。――守りたいと思うのだった。

＊＊

おはようございます、と隣の家の奥さんに声をかけられ、顕は笑顔で挨拶を返した。今日も暑いですね、行ってらっしゃい、と言われ、そうですね、行ってきます、と返事をし、バス停へと向かって歩き出す。

妻を埋めて、五日が経つ。が、世界はいつもと何も変わらずに回り、妻が家にいないことに気づく者すらいなかった。

――奥さん見ないけど、どうしたの？

そう、誰かに訊ねられることを恐れていた。言い訳も一つや二つ、考えていたけれど、それは使わずにすんでいる。

駅前で旅行客を目の前にすると、春代は本当に、友達と旅に出ているような錯覚にすら陥る。そうだったらどれだけいいだろう。でも、ふとした瞬間、——例えばパトカーを見たときや、警備員とすれ違ったときなどは、驚くほどに心臓の鼓動が速くなるのだった。

毎日、新聞やテレビ、ネットのニュースは確認している。が、死体が出てきたというものは今のところ見ていない。

本当は、捜索願を出した方がいいんだろう、と顕は考えていた。そうでなければ、もし死体が見つからなくても、この平和な日々はいつか終わってしまうのだ。妻がいないことを、いつまでも隠し通せるわけがないのだから。

が、結局のところ、それはできずにいた。警官の前で挙動不審にならない自信が全くない。

それにしても、顕は妻の世界がこんなにも狭いのだということを初めて知った。妻が昼の間、何をしているのか考えたこともなかった。が、専業主婦だった妻は毎日、家とスーパーの往復で、ご近所ともそれほど親しくしているわけではないらしかった。

妻は一人っ子で兄妹《きょうだい》もいないし、両親は既に亡くなっている。つまり春代には夫である顕しか、頼れる者がいなかったのかもしれない。

――鞄の中で鈍く妻の携帯が震える。


画面を見ると、〈非通知〉になっていて、誰だか分からない。

顕が出るわけにもいかず、そのまま放置し、鞄に戻した。

ここ数日でもう十数回目になるが、積極的に妻と連絡を取りたいと思っているその相手が誰なのか、顕には見当がつかなかった。

もし、〈非通知〉の相手が、電話が繋がらないからと家に来たら。そのことを考えただけで、身震いがする。

が、その相手は一人だとは限らないのだ、と顕は思い直し、更に妻のことが分からなくなり、混乱する。

なぜ、自分のことを隠して連絡してくるのか。

顕は胸騒ぎがしてならなかった。

「顕、どうしたの。こんな時間に」

病院に連れていくために午後休みを取って実家へ行くと、母はパジャマのまま、驚いた様子で顕を迎え入れた。

「何言ってるの、お袋。今日、病院に行くからって電話しただろ？」

「うーん、そうだったかなあ。よう分からんなあ。なんで病院に行くんだっけ？」

「定期健診。今度から七十歳以上の人は受けなきゃいけなくなったって、美樹が言ってただろう？」

美樹に言われた通り、病院へ行く抵抗感がないよう嘘をつくが、母から「そうだったね」という言葉は引き出せない。思わず焦って、肩を揺さぶりたくなる。――なんで分からないんだ？　その言葉が喉まで出かかるが、なんとか呑み込む。

車に乗り込み、美樹が予約してくれた病院へ行くと、血液検査や尿検査、内科の診察を受けた流れで、認知症の検査をスムーズに行ってくれた。

「こんにちは。丹羽さん。歳はおいくつか教えてくださいますか？」

五十代くらいの男性の医師は、ニコニコとした表情でそう訊ねた。

「うーん。大体、八十歳くらいかね」

後ろで見ていた顕は、七十三歳だろうと言いたくなったが、貫禄《かんろく》のある看護師に止められた。

それからも、今の季節は何ですか、百から七を順番に引いていってください、知っている野菜をできるだけ多く教えてください、など質問が続く。

驚いたのは、母が今の季節を言えなかったことだった。

「冬じゃあないよね。春でもないなら、じゃあ秋かね」と、夏という言葉が出てこない。

ついさっきまでうるさいほど駐車場で蟬が鳴いているのを聞いていたのに。ショックだった。

「認知症のテストでは、十四点ですね。今はお母様は一人でお住まいですか？」

先生にそう訊ねられ、「はい」と答える。

「そろそろ一人で暮らすのは難しいかもしれませんね。今日はお薬を三週間分出しておきます。なくなる頃に、もう一度来てもらえますか？」

分かりました、と答えたが、顕は信じられない思いで母を見た。母は顕と先生が何の話をしているのかも、よく分かっていない様子だった。

スーパーで買い物をし、冷蔵庫にしまうのを手伝う。いつもは時間がないからそこまでしないが、これもやるよう美樹に言われたことだった。

——冷蔵庫見てみて。大変だって分かるから。

中を見ると、日曜日に顕と買ったものがそのまま手つかずで入っている。冷蔵庫はパンパンで、どれも食べられるものには見えなかった。

「……お袋、飯《めし》食べてる？」

顕が訊ねると、

「食べんと生きていかれんやろうがね」

そう返事をする。

妹に電話をするとちょうどパートが終わった時間だったらしく、診断を話すと「やっぱり」と別段驚いた様子ではなかった。

「お兄ちゃんは知らないだろうけどね、いつも水曜日に私が冷蔵庫の中の整理をしてるの。仏壇と神棚も。今回はお兄ちゃんに分かって欲しかったから、しなかっただけ。いつも日曜日に来て買い物に連れていくだけじゃ、もう足りないって分かって欲しかったの」

顕は何も言うことができない。

「別に今時、長男だからとか嫁が面倒みるべきだとか、そんなこと言うつもりないよ。春代さんがやってくれるとは思えないし。だけどさ、もうちょっとお母さんのこと見てあげられないかな。お父さんも天国で怒ってると思うよ」

なんとか、ああ、分かった、と返事をするが、自分が今まで何も分かっていなかったことがショックだった。

そして思う。

どうして春代は、母がボケていたことを知っていたのだろう、と。正月以外、絶対に顔を出さなかった妻は、なぜ、あんなことを言ったのだろうか。いや、寧《むし》ろ、正月に顔を出したときに分かるほどの症状だったということか。自分の鈍感さに嫌気がさす。

あれほどチャキチャキと動き、毎年お節《せち》料理を作っていた母が、妹に買ってくるように頼み始めたのは、いつの頃だったろうか。そんなことすら覚えていない。

家を見渡せば薄《う》っすら埃《ほこり》が積もっていて、一年に一度顔を出すだけの春代は嫌な顔をしていたではないか。そのたびに、歳を取ればこんなものだと見て見ぬふりをしてはいなかったか。でも、まさか、と思っていた。

──まさか、母がボケるとは。

「……じゃあ母さん、今日は帰るから」

立ち上がると、

「それじゃあ、外まで見送ろうかねえ」

母はそう言いながら腰を上げた。

「いや、外は暑いからここでいいよ」

「私はそんなに、やわじゃあ、ありません」

そう言って腕を叩く母の手の皺《しわ》が、なんとも物悲しく映る。

「じゃあ、また来るから」

いいと言っているのに、家の前まで見送りに来てくれた母にそう告げると、近所のおばさんが通りかかり、

「今日はどうしたの？」と声をかけてきた。

ちょっと病院に行ってきたんです、と返事をすると、

「まー、孝行息子さんやねえ」と大袈裟《おおげさ》に言われる。

「本当に、娘も息子も良くしてくれて、私は幸せです」

そう笑う母に、何も言うことができなかった。

——自分は人殺しなのに、何が孝行息子だろう。

逃げ帰るように車に乗る。どうしてこんなことになってしまったのだろうか。自問自答を繰り返すが答えは出なかった。

＊

心療内科の下の喫茶店で、顕に介護認定の話をした。瞳子は母の顔を思い出しながらも、少しくらい店に帰るのが遅くなってもいいだろうと、ルーズになってきている自分を感じた。

「介護認定が下りたら、サービスが受けられます。ケアマネージャーさんに相談して、デイサービスに通ったり、ヘルパーさんに来てもらったりもできますから」

「瞳子さんは使ってないいんですよね？」

「うちは、母が嫌だと言うので。でも介護ベッドのレンタルはしてます」

そうですか、と言う顕の様子が、どこかおかしいと気づく。大丈夫ですか、と訊ね

ると、

「僕が人を生かす話をしていることが、どこかおかしく感じます」

そう、呟いた。

店内は楽しげな笑い声で溢れかえっていて、彼の周りにだけ影が落ちているようだった。

「……捜索願は、まだ出してないんですか？」

小声で訊ねると、彼は頷く。

「このままじゃ、どうしようもないって分かってるんだけど、どうしても警察に向かう気がしないんです」

分かります、と同調して頷く。が、口には出さないが、このままではダメだと思う。彼女を埋めてから十日が経つのだ。彼の気弱なところがここでは仇《あだ》になってしまう。もともと人を殺して、平気な人ではないのだ。だからこそ暴力を受けても、やり返すことなく、ストレスを溜めこんで爆発してしまったのだろう。

「すいません。巻き込んでしまって」

「謝らないでください。私のせいでもあるんですから」

そう言ったとき、顕の鞄の中で何かが震えるのが分かった。

「電話、ですか？　出なくて大丈夫ですか？」

「……妻の、なんです」

顕は声を潜めて言う。

「毎日、毎日、電話がかかってきて」

「……大丈夫ですか？　その人たちが心配して家に来たりとかって」

「そんなこと、言わないでくださいよ」

怯《おび》えた様子の顕に、すいませんと謝っているうちに、携帯は一度切れ、また、震えはじめた。

「……非通知なんです。この電話」

「え？」

「誰か分からないんですよ。誰か分からない人たちが、妻に連絡を取ろうとしてるんです。恐ろしいですよ」

「まだ、何か悪いことが起こるって決まったわけじゃないじゃないですか」

一生懸命励ますが、顕は沈んだままだ。

「……とにかく、私は丹羽さんの味方ですから」

瞳子にできるのは、そう繰り返すことくらいだった。

「瞳子。かんだセンセイをおくっていってあげなさい」

いつものように母が言う。瞳子は「分かった」と言い、神田とともに階段を下りた。店のバンに乗りこむと、助手席に神田が座ることさえ、瞳子は受けつけなくなっていた。頭のことで、瞳子の頭の中はいっぱいになっていたのだった。

「先生。これからは家までお送りすることしかできません」

闇夜《やみよ》に溶けた言葉は、あまりに弱々しく、神田を拒絶するには足りないようだった。

「どうして急にそんなことを言い出した」

強気な神田の顔が、流れていくテールライトに照らされる。

「急じゃありません。ずっと考えていたことです」

「君とあの男が喫茶店にいるのを、偶然見たよ。お母さんに知られたらどうする」

はったりではない、と感じて、急に汗ばんだ。

「あの人とはそういうんじゃないんです。ただ、同じ病院に通っていて」

「貧弱な男だっていうことだろう。ああいう病院に通ってるってことは」

決めつけるような言い方に、言い返したくなるが、言葉が見つからない。要するに神田は、瞳子のことすら貧弱だと言いたいのだと気づいてしまった。彼は自分のことを見下している。それが決定的になる。

「ああいう病院に通っている私のことなんて、放っておいたらいいじゃないですか」

ハンドルを握る手が小さく軋《きし》む。

「君のことを分かってくれる人間が、俺の他にいるわけがないだろう」

全然分かってなんてない！　そう叫びたくなるのを堪えて、

「分かってくれなくていいです。私は私でちゃんとやりますから」

そう答えて、押し黙り、そのまま神田の家へと向かった。


店に帰ってくると、聡美がご飯を食べにきたところだった。

「ご苦労様！　神田先生直属のタクシーなんて面倒じゃないの？」

そう言われ、

「母が送っていけって言うから」

そう答える。

瞳子がエプロンをつけていると、自転車のパンクのことだけど、と聡美は声を潜めた。

「あ、あれは」

嘘がばれると焦っていると、彼女は、しっ、と人差し指を口に当てた。

「大丈夫。何のことかと思ったけど、話合わせといたから。それより何？　アリバイ作らなきゃいけないような男ができたってこと？」

悪戯っ子のような目で彼女が訊いてきたため、「まあ、そんなところかな」と答えた。

「まあ、何にせよ良かったわよ。息抜きできるような相手ができて。心配してたのよ。根を詰めてたら絶対にいつか破綻《はたん》するから」

「ありがとう」と言い、瞳子はレジに向かった。彼女の真《ま》っ直《す》ぐな視線を受け止めるのが難しかった。

＊＊

仕事が終わり、家に帰ると、美樹に電話をかけ、介護認定を受けられたらと思うんだけど、と話す。と、妹は大袈裟に驚き、

「お兄ちゃんから言い出すとは思わなかった」

と笑った。

「どういう意味だよ」

「だって、そういうの得意じゃないじゃない。お父さんのときはずっとお母さんと私に任せっきりだったし。

もしかしてそういうのが得意な愛人でもできた？」

「なんでそうなるんだよ」

そう言いながら瞳子の顔が思い浮かぶ。彼女と自分の関係を何と言えばいいのか名称が見つからない。言うならば、――共犯者。

「だってお義姉さんがそういうアドバイスしてくれるとも思えないし。っていうかいいの？　こんな時間に電話したら怒られるんじゃないの？」

「怒られるって何が」

「気づいてないとでも思ってた？　お義姉さんが私のこと嫌ってるから電話してるところ見られたくないんでしょ？」

「……嫌ってるっていうか」

「いいわよ、隠さないでも。こっちだって良く思ってないし。でも大丈夫なの？　今電話してて。さすがにマイペースなお義姉さんだってもう旅行から帰ってきてるんでしょ」

「ああ、大丈夫。……今シャワー浴びてるから」

「そう。でもお母さんが認知症になって悪いことばっかりじゃないね」

「どこが」

「だって、またお兄ちゃんとこうやって話せるようになったんだから。寂しいところはあったわよ。お義姉さんの顔色ばっかりうかがっちゃってさ。

またよろしく頼むわよ、お兄ちゃん」

「うるさいな。とにかく、また何かあったら連絡するから」

そう話をまとめた。

たった一人、リビングに取り残され、不安に駆られた顕は冷蔵庫からビールを取り出し、一気に呷《あお》ってソファに倒れ込んだ。

——例えば、この会話をしたのが、春代を殺す前だったらどうだっただろう。

「俺、嫁に殴られててさ。参ったよ」

声に出してみたら、何でもないことのような気がした。何が自分をそこまで追い詰めていたのだろう。妻のことが耐えられないなら家出でも別居でもすれば良かったのだ。

——なぜ、こんなことになったんだろう。

そう呟いても、誰かが返事をしてくれるわけではなかった。

そんなときばかり、瞳子にメールをして慰めてもらうのは、ズルいだろうか。

本当はできるなら、あの身体を抱きしめたかった。あの夜したように、温もりを感じていれば、一時の怖さを忘れ去れそうなのだ。

*

別れ話をしてからも、神田は店に顔を出し続けた。母は喜んだが、瞳子は苛ついていた。もうこれ以上、かまわれたくなかった。それに、顕とのことを知っているのが気になった。

——神田はどこまで知っているのだろう。

顕の妻を埋めて二週間近くになる。

あのとき、顕を守りたいと思ったのに、情けないほどに怖くてしょうがないのだった。

寝る前にＤＶＤを観る習慣はいつの間にかなくなり、顕とメールでやり取りをするのが常になった。事件の発覚を恐れる彼に「私は味方です」と打ったびに、二人の距離が縮まる気がするのだった。そして彼から「あなたを抱きたい」と言われるたびに、自分が純粋な女に戻っていくのが分かる。それは何の役割も持たない、ただの女だ。

彼が器用な人ではないと分かれば分かるほどに、愛《いと》しさが増していくのは、自分と同じだと思うからかもしれない。それに、もしかしたら彼ならば、――自分が犯した罪を分かってくれるかもしれないとも思うのだ。

「瞳子！」

ベッドに横になってテレビを観ていたはずの母が、窓の外を指さす。

「どうしたの？」

「あいつ、あいつ、くるまに……」

母の騒ぎにすぐさま窓から顔を出して見てみるけれど、街灯に照らされた後ろ姿しか見えない。フードを被った男性らしき人物が走り去っていった。

瞳子が一階へ行ってみると、騒ぎを聞きつけた父もまた、起きてきた。

――店の車に赤いペンキで、〈人でなし！〉と書いてある。

「なんだ、何かあったのか？」

寝間着姿の父が、眼鏡をかけ、頭を掻きながらやってくる。

「……お父さん、これ」

言いながら瞳子は両手で自分を抱きしめた。

――もしかしたら。

「またか。誰がこんな悪戯をするんだ」

――もしかしたら、見られていたんじゃないか。

父がペンキで書かれた文字を触り、まだ乾いてないな、と呟くのが遠くに聞こえる。

どこか冷静な父の横で、激しく動揺する自分を抑えようとする。

か。

——もしかしたら、遺体をこの車で運んでいたのを見ていた誰かがいるんじゃない

瞳子はさっき見たフードの人物を思い出そうとする。が、一瞬見た後ろ姿だけでは、自分を安心させる要素は何ひとつ見いだせなかった。ふと、顕の奥さんの携帯にかかってきている非通知電話のことを思い出す。

——もしかして、同一人物なのではないか。

そして、後ろ姿が、神田に重なり、不安は増すばかりだった。

第四章

*

朝五時半。まだあたりは薄暗い。

寝たきりにならないようにと瞳子が提案した毎朝の車椅子での散歩だけは、母は受け入れてくれていた。

瞳子が後ろから押し、近所を一周し、公園に立ち寄って帰るのが習慣だった。

陽射《ひざ》しが強くなる前に家を出たつもりだったが、公園に着いた頃には随分暑くなっていた。帽子を被ってきて良かったと母を見ながら思う。母も外に出るのを楽しみにしているらしく、散歩の時間だけは穏やかな空気が流れていた。

ならば、デイサービスに行けば気分転換になるんじゃないかと思うけれど、それが嫌だという母の気持ちも、瞳子には痛いほど分かるのだった。見知らぬ人の中にぽんと放り込まれるのが苦手なのは自分も一緒なのだ。自分が嫌なことを、母に強制するわけにはいかない。

車椅子を木陰《こかげ》に停めて、

「ちょっと飲むもの買ってくるね」

瞳子は自動販売機へと急いだ。

もうあと十分もすれば、ラジオ体操をするために老人会の人たちが集まってくる。それまでに帰らなければいけないが、水分補給をしておきたかった。

母が飲めるようにストローつきのパックのお茶を買っていると、がしゃんと大きな音が聞こえてきた。

振り返ると、母が車椅子ごと倒れている。

「お母さん！」

驚いて駆け寄ると、

「あの男」

そう、母は声にならない声で言った。

「あの、フードの男」


それから携帯で父を呼び、病院へ連れていくか相談した。が、手を擦りむいている以外どこも怪我《けが》をしていないから大丈夫だろうと父は言う。が、

「どうしてお前がいてこんなことになったんだ」と怒られ、反省した。最近、悪いことばかり続いているのに、どうして目を離したりしたのだろう。

母は以前にも増して、

「あの男と、もう、れんらくをとったらいけないよ」

そう、念を押すようになった。

＊

警察官が来たのは、その日の夜のことだった。

母に頼まれた兄が、車の悪戯のこと、そして今朝の公園でのことを警察に相談したのだった。

父は「店の評判が下がったらどうするんだ」と兄を叱ったが、警察官は「まあまあ、お父さん」と間に入った。

結局、現場の公園にいた瞳子と母が事情を訊かれ、車と車椅子の指紋を採り、被害届を出すことになった。

車を調べているとき、心臓が爆発しそうでしょうがなかった。遺体が見つかっていないのだから事件になりようがないけれど、警察官ならば、車で遺体を運搬したことが分かるのではないかと、ただただ不安になった。

母はどうしても許せなかったから父に警察に通報してくれと言ったけれど、父はそれだけはするなの一点張りだったらしい。仕方なく、自分では電話ができないから、兄に頼んだということだった。

瞳子は不思議だった。母が倒れてから、父は母の言うことなら何でも聞いていた。なのに、どうして今回だけは、言うことを聞かなかったのだろう、と。

夜、顕にメールを送ろうと布団から抜け出すと、母が「どこにいくの？」と訊ねてきた。

「……ちょっとトイレ」

瞳子がそう返事をすると、「けいたい、おいて」と真顔で言われた。

「あの男と、れんらく、とるの？」

そうじゃない、と嘘をつくと、

「だったら、おいていって」

そう強く言われたため、分かったと返事をして、枕元に携帯を置いた。

――あんたがびょういんであったっていう、その男が犯人だ。

車椅子を倒されてから、母はその意見を曲げず、頑なだった。

意外だったのは、父もまた、「あんまりよく分からんやつと親しくするな」と積極的に母の意見に賛同していたことだった。もちろん、今までだって、父は母の言いなりで、母を怒らせるようなことには反対していた。が、それ以上に強く言われたことは、今回が初めてだった。警察に通報しなかった罪滅ぼしだろうか。

それからというもの、母は瞳子の行動を最大限に制限し、それに従わなければ、いつもの脅し文句を言うのだった。

——あんた、わたしに死んで欲しいんでしょ。

その言葉を聞きたくなくて、店の仕事のほとんどを優良に任せて、日中も母の側で過ごすようになった。自分でも認めたくないけれど、息が詰まりそうだった。

——わたしのじんせい、もう終わり。

その嘆き節を聞くたびに、自分の寿命すらも縮まっていく気がする。母が死ぬときは私も死ぬとき。そんな予感すらしてくるのだ。祖母を介護した十八年間を、もう一度繰り返すのだと思うと、それは途方もなく果てしない気がする。

廊下に出ると、祖母がリハビリに使っていた平行棒が視界に入った。いつも右足を引きずりながら、もう一度歩くことができるようになるためと、廊下を行き来していたのを思い出す。このままで終わってたまるか、が口癖のような人で、少し熱があるときも、止めるのを振りきってリハビリに専念していた。

「あんたは私に死んで欲しいと思ってるんだろうけどね。そうはいかないよ」

それはもともと、祖母が母に言っていた言葉だった。

高校を卒業した瞳子が介護をすると決めたけれど、祖母は母にも介護を手伝わせると言って聞かなかった。特にトイレや入浴の介助などは、母がやるのだと決めてしまっていた。

「自分がやりたくないからって、娘に学校にも行かせず介護をさせるなんてね、クズのやることだよ」

祖母がそうやって、母に辛く当たれば当たるほどに、瞳子に対する母からの風あたりも強くなるのだった。

二度目の発作が起きてからは、祖母は言語障害も出て、寝たきりになってしまったけれど、それまでは杖《つえ》をついて、家じゅうを歩き回れるほどに快復していたのだった。デイサービスにも通っていた。

母が二年前に発作を起こした時、病院から家に帰ってくると分かってから、瞳子は平行棒を磨《みが》き上《あ》げ、もう一度使えるように点検をした。なのに、使ってくれないのはどうしてなのだろう。

トイレへ行き、頭を抱える。母のことが好きなはずなのに、どうしてこんなに苦しいのだろう。介護をする時間が長くなるということは、一緒にいられる時間が長くなるということだ。大嫌いな祖母とは違う。幸せなことのはずじゃないか。なのに、どうして。

が、今はそれどころではない。誰かが顕と瞳子のしたことを知っているかもしれないのだ。

——人でなし。

まるで血のようなペンキで書かれたその言葉が、胸に突き刺さる。が、そのことについて、数日経った今も、顕に相談できていなかった。

＊＊

「お母さんの薬のことなんだけどね」

妹からの電話に、ああ、と返事をする。顕はソファに寝転がり、ビールを片手に一杯やっていた。春代がいたらできない格好だ。が、もういない。

——つい、開放的になってしまう。

未だに誰からも妻のことを訊かれずにいると、このまま逃げ切れるんじゃないかという気になってしまう。妹からの電話も、気兼ねなく出ることができるから、昔の通り、〈頼りになるお兄ちゃん〉をやれてしまうのだった。

「お袋の薬がどうした？」

「ちゃんと毎日飲めてないみたいで、困ってるの。一週間分を分ける容器に入れてるんだけど、つい、忘れてるみたいで」

「そうか。だったら明日、仕事の帰りにでも寄ってみるよ。飲んでないようだったら、その場で飲ませてもいいし」

「それはありがたいけど、……お兄ちゃん、大丈夫？」

「何が？」

「お義姉さん、何か言わない？」

「大丈夫、もう何も言わせたりしないから。お前が心配するな」

「……だったらいいんだけど」

「任せておけばいいから」

自信満々に言い、電話を切る。酒が入ると、つい気が大きくなる。が、今は飲んでいないとやっていられない。

瞳子からのメールは、日に日に少なくなっている。まさか今更、後悔しているなんていうことはないだろう。そもそも隠そうと言ってきたのはあっちなのだから。が、理由は言わないけれど、店にはあまり顔を出して欲しくないということを言ってきた。何かあったのか訊ねたが、メールは未だ、返ってきていない。病院で会うまでまだあと三日はあるし、心配でないと言えば嘘になる。

が、今は、せめて〈頼りになるお兄ちゃん〉をやり通したかった。

会社の帰りに買った認知症の本を開く。こんなことは春代がいたら絶対にできなかっただろう。あんな風にお袋を罵《のの》ったからには、介護を手伝ってくれるとは到底思えないし、厄介事を家の中に持ちこむなと、本を破かれたに違いない。

ページには笑顔で写る家族の写真が掲載され、インタビューが載っていた。こんな風になれなかったのは春代のせいだ、と全ての原因を被《かぶ》せたくなるのは、卑怯だろうか。

——もし、結婚したのが、瞳子だったら。

彼女が家の台所に立ち、お袋と仲良く並んで話をしている姿を思い浮かべる。それは、かつての我が家のように笑顔で溢れていた。


妹に約束した通り、会社の帰りに実家に寄った。

どうしたの、と驚きつつ、息子の顔を見たお袋は嬉しそうでほっとした。

「いや、元気にしてるかなと思って」

そう言いつつ、テレビの前のちゃぶ台に置かれた薬の容器を確認する。と、今日の分は飲んだようで、中身が空になっていた。少しほっとし、次は冷蔵庫の中を確認しようと台所へと立つ。と、途中でゴミ箱が視界に入った。まさか、と思い、中を見ると、薬がそのまま捨ててある。

「お袋、薬飲んでる？」

少し尖《とが》った言い方になっていると自分で気づいていた。が、止められなかった。お袋もそれに敏感に気づき、

「飲んでますよ、ほらね」

薬の容器をこちらに見せる。

ここで怒ってもしょうがないと、顕はひとまず深呼吸をして、なら良かった、と笑顔を作ってみせた。——このまま放っておくわけにはいかない。が、どうすればいいというのだろう。


瞳子から店やお母さんに起こった事件について聞いたのは、心療内科の下の喫茶店で会ったときだった。

「警察は何て？」

顕が訊くと、

「防犯カメラをチェックしてくれたり、一通りの捜査はしてくれたんですけど、容疑者らしき人は見つかってないそうです」

そうですか、と呟くと、顕は思わず頭を抱えた。

「警察は私たちのことには気づいてないと思います。ただ、問題なのは、悪戯をしている人が、何のためにしてるのかということで」

「気づいている人がいるかもしれない、ということですよね？」

訊ねると、瞳子は頷いた。

「心当たりはありますか？　僕に何もないということは、瞳子さんの近くの人なんじゃないかと思うんですが」

彼女がさっと目を伏せたのを見逃さず、

「全部、話してもらえませんか？」

そう促《うなが》す。

彼女は手をきつく握りしめ、一呼吸置くと、幻滅しませんか？　と訊ねてきた。

「え？」

「今から何を話しても、幻滅しないって約束してもらえますか？」

「当たり前じゃないですか、だって」

人を殺す以上に幻滅することがあるだろうかと表情で訴えかける。

「……実は以前、奥さんがいる人と関係を持っていたことがあって、丹羽さんと出会ってから別れたんですけど。

まだ未練があるようで、店に通ってきていて。

その人が、私と丹羽さんがここで話しているのを見たって言っていて」

顕は唇を嚙《か》んだ。まさかそんなところから綻《ほころ》びが出るとは。

「瞳子さんはその人が僕たちに忠告してるんだって思ってるってことですか?」

「分かりません。でも、別れを告げたすぐ直後に書かれたんです。車に〈人でなし!〉って。だから、そうなんじゃないかって」

「確認、できませんか?」

「え?」

「その人が僕たちがやったことを知っていてやってるのか、それとも別れた腹いせにやってるのか。

確認、できませんか?」

「でも、どうやって?」

自分でもクズな考えだとは分かっていた。が、それ以外考えつかない。

「もう一度、その人と付き合ってもらえませんか?」

その瞬間の、瞳子の絶望的な表情を顕は見ないふりをした。

「実は僕、捜索願を出してきたんです」

口から嘘が滑り落ちる。──ああ、自分で自分が嫌になる。

「僕は瞳子さんと人生をやり直したい。だからそのために、その男性が気づいていないことを確認するために、もう一度付き合うふりをしてもらえませんか？　僕もこんなことを言うのは辛い。だけど、もう一度だけ、その人に抱かれてもらえませんか？

その後、僕はあなたのことを、初めて、抱きたい」

「……本当ですか？」

「え？」

「丹羽さんは、他の男に抱かれた女を、本当に抱きたいと思うんですか？　こんな、汚れた私を？」

顕は瞳子の手を取った。

「当たり前です。あなたは僕の、恩人なんですから」

「でも……」

「僕を信じて」

言いながら自分の何を信じろというのだろうと思う。自己保身のために嘘をつく。

そんな自分を、誰が信じてくれるというのか。

店に来た神田に、「今日は食事の後で、母に会っていってもらえませんか？」そう頼んだ。神田はその意図に気づいたようで、「分かった、そうしよう」と返事をした。

＊

久しぶりにホテルに入った途端、神田は背後から瞳子に抱きついた。

「あの男とは別れたのか？」

そう耳元で訊ねられ、躊躇したが、はい、と答える。

Tシャツの裾《すそ》から入ってきた節くれだった手を払いのけたくなるが、その衝動を堪えて、彼に身体をゆだねる。つい最近まで欲しかったその手のひらはもう、汚らわしい物にしか思えなかった。が、この先に、顕との未来があると思えば、我慢できないことはなかった。

彼は行為が終わると、以前のように瞳子を頭からすっぽりと抱えこんだ。窒息しそうだと、瞳子はもがいた。

神田と寝たシーツには体温が残っていて、それすらも気持ちが悪いと、瞳子は情事の後、すぐに椅子に移った。

「玉稀ちゃん、車椅子ごと倒されたって言ってたけど、大丈夫なのか？　最近瞳子の周りで良いことがないみたいだけど。何か、心当たりはないのか？」

神田にそう訊ねられ、

「心当たりなんて何も。警察も調べてくれたんですけど、まだ容疑者らしき人はあがってないって言ってました」

「早朝だったんだろう？　じゃあ誰も見てない可能性が高いもんなあ。今も散歩に行ってるのか？」

「いえ、行ってないです。さすがに母も怖がって」

「そうだよな。暫くはそうした方がいい。俺も玉稀ちゃんの気分転換になるように、ちょくちょく寄るようにするから」

以前と同じように話す神田は、自分のことがばれていないか知りたいのか、本当に心配してくれているのか、分からなかった。

「……ありがとうございます」

神田は犯人じゃないのだろうか。

疑おうと思えばどこまでも疑える。けれど、昔の先生と同じ顔のような気がして、顕にどう報告していいのか分からなかった。そもそも、自分は神田の何を知っているというのだろう。奥さんの顔すら、瞳子は知らない。

＊＊

「顕も大変だと思うけどなあ、こっちも商売をやってるんだ」

母が叔父とケンカをして帰ったと聞かされ、顕は定時で退社して頭を下げに行った。叔父の家は酒屋をやっているのだが、母が一日に四回も訪ねてきて、お茶を飲んで帰っていったのだと言う。問題は、それを母が覚えていないということだった。

叔父が、「お前はボケてる！」と怒鳴り声をあげ、母が「私はボケてなんていません！」と声を張り上げ、帰ったのだと言う。

立腹している叔父は、「お前だって毎週来てるんだから分かるだろう。嫁はどうした。顔も出さないで。だから姉貴もあんな風にボケたんじゃないのか！」と声を荒らげた。

「すいません。最近病院に行くようになったんだけど」

「別にうちに迷惑がかかると怒ってるわけじゃない。よそで迷惑をかけたらいけないから言ってるんだ。本当にお前はろくでもない嫁をもらって」

すいません、ともう一度頭を下げる。自分が言えた義理ではないが、この親戚の中に入るのは春代も辛かっただろうと思う。――今更だったが。

今後も何かあったら連絡をくださいと伝え、妹に電話をかける。美樹には母の様子を見に行くようにと伝えてあった。が、

「お兄ちゃん、大変」

携帯に出た妹は焦った様子でそう伝えてくる。

「お母さんが、まだ帰ってない」


母の足で行ける範囲を捜し回る。仏様にお供えをするために通っている果物屋。公園。駅前の小さな商店。

結局、見つけたのは隣町の駅前の交番だった。どうやら叔父の家から帰るのに、道が分からなくなり、歩き続けたらしかった。

「お世話になりました」

そう頭を下げた瞬間は、絶対に顔を合わせたくないはずの警官が、まるで救世主のように見えたのだった。

家に連れて帰り、落ち込んでいる母を宥《なだ》めて、布団を敷いてやる。母の使っている

布団が湿気《しつけ》を含み重くなっていて、更に落ち込んだ。布団くらい新しい物を買ってやるタイミングはいくらでもあったじゃないか。今まで母のことをどれだけ大切にしていなかったか、後悔が後から後から追いかけてくる。

美樹もショックだったようで泊まっていくと言ったが、

「お前は旦那と子供が家で待ってるだろう。俺が泊まっていくから」

そう告げた。

「お義姉さん、大丈夫？」

「大丈夫。連絡しとくから」

もし、春代が生きていたらこんな風にうまくいかなかっただろう。「お義母さんと私、どっちが大切なの」と泣き叫び、何時間も電話を続けたに違いない。

母の寝息が聞こえてきたのをきっかけに、外に出た。夕飯は近くの商店のお惣菜《そうざい》と炊いたご飯で間に合わせよう。母も起きたら食べるかもしれない。

*

母が眠ってしまったのを見計らって家の外に出て、顕に電話をかけた。黒い闇のどこかで犬の遠吠《とおぼ》えが聞こえる。

神田先生が犯人ではないと思うけれど分からない、と告げると、もう暫く様子を見てもらえませんかと言われ、微かに傷ついた。

「……丹羽さんは、平気なんですか？」

「え？」

「私が他の男に何度も抱かれて、平気なんですか？」

返事が欲しくて耳を澄ませる。顕は、平気なわけないじゃないですか、と強い口調で返事をした。

「平気なわけない。だけど、僕と瞳子さんが一緒になるためには、どうしても必要なことなんです。分かってください」

瞳子は納得できなかった。が、そうしたふりをして、分かりました、と答えた。

「あの」

そう呼びかけられ、はい、と答える。

「……瞳子さんは、誰かにいなくなって欲しいと思ったことはありますか？」

少しの沈黙の後、

「あります」

瞳子はそう、はっきり答えた。

外面《そとづら》の良い祖母は、ケアマネージャーにも、デイサービスの職員にも「おもしろい人ですね」と人気があった。それを見るたびに瞳子は、「本当は違うのに」と叫びたくなった。

自分の身体がうまく動かないストレスは、全て母にぶつけられていた。どうして自分ではなく、母に当たるのだろうと、やるせない気持ちになった。

自分は〈介護をする〉からこの家にいられるのに。――母の役に立てないのか。

祖母の母に対する嫌味は強烈だった。

「あんたの料理は不味《まず》い。私だから食べてやれるけど、外には出せないよ。瞳子を見習いな」

「あんたの介助は下手だ。瞳子の方がよっぽどうまい」

「あんたは私が死ねばいいと思ってるんだろう。いつ殺されるか分かりゃしないよ」

祖母はそう言って母を杖で殴った。母の身体は痣だらけだったのに、父はそれを見て見ぬふりをしていた。

母のストレスは瞳子に向けられた。しょうがないと思った。そうでないと母が壊れると思ったから。
そのたびに瞳子は思った。
――そうだよ。死ねばいいと思ってるよ。早く死んでよ。
殺意を感じたのは、後にも先にも、祖母に対してだけだ。
「あなたの痣を見たとき、そのことを思い出しました。だから、助けたいと思った。
……幸せに、なって欲しいと思っています」
携帯の向こうの顕の気配が、自分が思うより遠くに感じられた。
月がぽっかりと浮かんでいる。彼も今、これを見ているだろうか。

第五章

＊＊

「顕、もう少しいてもいいかね？」

見上げながら申し訳なさそうに訊いてくる母に、もちろんいいよ、と答える。すると、自分より少し歳を取った人たちの中に、嬉しそうに戻っていった。母はこんなに背が低かっただろうかと、顕は切なくなった。

デイサービスの見学に来たのは正解だったな、と顕はまるで女子会のようにはしゃぐ母をぼんやり眺める。隣の家のおばあさんも行っているデイサービスに誘われたのはありがたいことだった。

介護認定はまだ下りていないが、なるべく早く、母を一人にしないようにしたいと思っていた。そこへ近所の人が「丹羽さんも一緒に来てくれたら、うちのばあさんも文句を言わんと思うんや」と誘ってくれ、認定が下りる前にも通うことができ、後から処理ができると知った。

最初こそ、「少し行くだけだからね」と嫌がっていた母だったが、見学に来てみたら知り合いが何人かいたらしく、「あら、あなたも来てたの〜〜」と少女に戻ったようで、嬉しそうに歌ったり、ゲームをしたりしている。そして、結局、最後のおやつの時間までいることになったのだった。

ひとまず、週に二回、行くことになったデイサービスの職員は、顕に対しても感じが良くて、こんな人が息子だったら母も幸せだっただろうと、卑屈になった。そんな自分に対しても、デイサービスに通う老人たちは「兄ちゃん、また来てな」と笑顔を向けてくれるのだった。

帰りの車で、

「連れてきてくれてありがとう。私は幸せです」

そう母に礼を言われ、そんないいよ、と返事にもならない返事をする。

「楽しかった」

溢れんばかりの笑顔を横目に見ると、絶対に妻を殺したことを知られるわけにはいかない、と改めて思った。が、具体的にどうしていいのかは分からないのだった。

母を家に連れて帰り、カレンダーにデイサービスの予定を書き込む。今度はいつだっけね、と何度も繰り返す母は素直に喜んでいるように見えた。

「次は水曜日だから、また前日に電話するよ。それより仏様、拝まなくていいの？」

ああ、そうだったね、と母は仏壇の前に座り、数珠《じゅず》を取り出し、般若心経《はんにゃしんぎょう》を唱え始めた。しゃんとした背中と、朗々と唱える声を聞いていると、昔と何も変わらない気がしてしまう。実際、何も見ずに、般若心経を唱えられるのだから、脳というのはどうなっているか分からない。

と、そのとき携帯が震える。思わず身構えたが、春代のものではなく自分の携帯でほっとした。が、相手は叔父だと気づき、気が重くなった。もしもし、と言う前に向こうが酷い剣幕で、「お前んところはどうなっとる」と言ってくる。幸い、耳が遠くなった母には聞こえてない様子だったが、念のため、廊下に出た。

「どうなってるって……？」

小声でそう訊ねると、

「お前のお袋は昨日、銀行の通帳とハンコを持って、お金を借りにきたぞ」

そう言われ、え、と息を呑んだ。

「ＡＴＭの扱いが分からんくなったんやろう。金の管理もできんくらいボケてるもんを、いつまで一人暮らしさせるつもりや。お前んところの嫁はどうなってる。お前は長男だろうが。もっとしっかりせえ」

しどろもどろになって、顕はとにかく謝り、電話を切った。が、どうしろというのだろう。

叔父は母の弟なのだ。自分の姉を「ボケている」と罵るのはどうなのだろうか。近所の人はデイサービスを紹介してくれるほど、親切だというのに。

姉弟なんてそういうものなのだと寂しくなる。いずれ、美樹と自分もそうなるのだろうか。――いや、その前に、自分は捕まるのかもしれない。が、母のことを考えていると、春代がこの世にいないということが、すっかり頭から抜け落ちるのだった。

*

浅い眠りの中で、夢を見た。

まだ小さい瞳子は、風邪を引いて布団の中で眠っていた。店に立つ母の声が下から聞こえてきて、ほっとしながら、夢と現実を行き来している。

天井の模様を数えながら、まどろんでいると、階段を上ってくる音が遠くに聞こえ、薄く目を開けていると、顕の姿が現れた。

いつの間にか瞳子は大人になっていて、彼は「眠ってないだろう」と笑い、頭を撫でてくれた。ばれた？　と目を開くと、彼は額にキスをしてくれる。

「大丈夫。ずっと側にいるよ」

そう言われたところで、目が覚めた。

とても優しい夢だったのに、なぜか枕が濡《ぬ》れていた。


嫌がらせは、ぱったりと止《や》み、警官も見廻《みまわ》りを強化してくれるというので、朝の散歩を再開した。時間帯も少し早める。夕方から台風が接近すると天気予報で言っていた。明日の朝は散歩は無理かもしれない。

母は少し怖がっていたため、

「大丈夫。ずっと側にいるから」

瞳子は母にそう告げた。

散歩のコースもいつもとは変更し、商店街を抜け、一番近所のコンビニまで行ってみることにした。頬を撫でる風が、ほんの少し冷たくなってきた。

何か飲み物を買おうか、と母に訊ね、店内に入ると、母の好きな炭酸飲料水を持って、レジへと向かった。ストローを店員にもらえば、母も飲めるだろう。

通勤前のサラリーマンらしき男性の後ろに並ぶと、

「あ、あんたの彼氏がいる」と母は声を潜めた。

「え？」

母は真っ直ぐレジに向かって指をさした。その方向は、どう見ても店員を指している。よく見るとそれは優良だと分かった。そう言えば、朝のバイトもしていると言っていたのを思い出す。

「何言ってるの、お母さん。あの子はうちのバイトの子でしょ？」

瞳子は言うが、

「しらないよ。あいつだとおもってた。でも、わたしを突き飛ばしたのは、絶対にあいつだった」

そうか。母は店に出ることができなくなったから、優良と会ったことがなかったのだ。

あまりのことに、車椅子を握る手が、汗でびっしょり濡れていた。

一体、どういうことなのだろうか。

サラリーマンの肩越しに優良と目が合う。はっとした表情になり、彼の顔から血の気が引いていった。

「どういうことか、話してくれる？」

自分の番になったとき、瞳子はそう言った。

「……もう少しで上がりなんで、商店街のファミレスで待っててもらえないっすか」

どこか上から目線の彼に苛立ったが、分かったと、瞳子は一度、母を家に連れて帰ることにした。


ファミレスでアイスティーを頼み、待っていると、すぐに優良はやってきた。

「俺、コーヒー頼んでいいすか？　眠くて」

彼が店員にコーヒーを頼むのを待つと、瞳子はもう一度、話してもらえる？　と言った。

「正直に答えてくれる？　あなたがやったの？」

優良は一瞬、躊躇したけれど、こくりと頷いた。

「車に落書きしたのと、おばさんを車椅子ごと突き飛ばしたのは俺っす」

まるで反省した様子のない彼に怯《ひる》みながら、どうしてそんなこと、と訊ねる。優良は、俺、奨学金とバイトの給料で大学行ってて、と話し始めた。

「でも留年したから、今年から奨学金下りなくて。だからバイト増やしたんすけど、後期の学費が払えそうになくて。……レジから金抜いてたんすけど、親父さんにそれ、見つかって」

瞳子は、レジ誤差の件を思い出す。

「そうしたら、見逃してやるから、瞳子さんと丹羽って客を引き離すようにって言われたんすよ。

どうやって、って訊いたら、おばさんは俺のことを丹羽って人だと勘違いしてるみたいだから、俺が店に悪戯したりして不審者を装えば、絶対に瞳子さんとの付き合いを、おばさんが反対するって」

「……何でそこまでして」

「店の常連さんが二人をくっつけようって騒いでたじゃないっすか。それに、瞳子さん、昼に車で出ていったことあったし。その夜にも出ていったって親父さんが言ってて。

絶対にあの男に会いに行ったんだ。今までそんなことなかったって」

瞳子は絶句した。そんなことのために、人を使ってまで、止めなければいけないのだろうか。

「私がもし、丹羽さんと付き合っていたらどうだっていうの？」

優良は小さく笑って言った。

「出ていかれたら、おばさんの介護をする人がいなくなるって」

「……父がそう言ったの？」

拳《こぶし》を固く握る。爪が食い込んで痛い。が、そうでもしないと叫び出してしまいそうだった。

「そうっす。うまく二人の間を引き裂いたら、後期の授業料を払ってやるって言われて。俺、どうしても、金が欲しくて。すんません。でも、全部、親父さんが言った通りにしただけなんで」

信じられない。だけど、彼の話を聞けば全ての合点がいくのだった。


——優良に優しくするように言ったこと。

——レジの釣り銭が合わないのを瞳子のせいにしたこと。

——警察を呼ばなかったこと。

——兄が警察を呼んだら、あんなに怒ったこと。


でも、そんなことのために、どうしてこんな回りくどいことをするのだ。直接言えばいいんじゃないのか。優良にそう訊ねると、

「自分が嫌われ者になるのが嫌だったらしいっすよ」

そう言われた。

「瞳子さん。どうして家にいるんすか？　出ていく勇気、なかったんすか？」

「え？」

「だって、酷い親じゃないっすか。子供の幸せを願えないなんて。俺が言えることじゃないかもしれないっすけど、子供の夢を潰《つぶ》すなんて酷いっすよ？」

「どういう意味？」

訊ねると、優良ははっとした表情になり、だがすぐに笑いを浮かべたような顔で、

「俺から聞いたって言わないでくださいよ。瞳子さんが高校生のときに出した小説、本当は出版社から連絡が来たって言ってたんすよ。だけど、瞳子さんに介護をして欲しいから取り次がなかったって。そんな中途半端《ちゅうとはんぱ》な夢を追いかけるより、介護をしてもらった方がよっぽどいいって。

本当に瞳子さんって、実の子なんすか？」

そう言って吹き出した。

瞳子が出版社に送ったのは、家族の物語だった。主人公の少女が困ったら絶対に全力で助けてくれる家族たちの物語。それはまさに瞳子の理想の家族で、いつかそんな

風になれると信じていた。

全身全霊で書いたあの物語は、出版社の人の目に留まっていたのか。――何もないと思っていた私にも何かがあったのか。

「……人のこと馬鹿にするのも、いい加減にして」

「え？　いや、俺馬鹿になんてしてないっすよ？　ただ親父さんに言われてやっただけで。俺も被害者みたいなもんっすよ」

ふっ、と笑いが思わずこぼれた。

今まで何をしてきたのだろう。

瞳子はこれまでずっと、介護要員としてしか見られていなかったのだ。それをまざまざと思い知らされて、笑いしか出てこない。

「瞳子さん？　俺のこと、分かってもらえますよね？」

心配げにうかがう優良に、大丈夫だから、と答える。

「警察に言ったりしないから心配しないで。その代わり、店は辞めてもらうから！」

それだけ告げて伝票を持った。


――父にずっと助けて欲しいと思っていた。

祖母と母がケンカをしているとき。

瞳子が母から怒られているとき。

いつだって父は、見て見ぬふりだった。

諦めたつもりでも、でもどこかで期待していた。

――それなのに、何だこれは。何だこれは。

ずっと心の底に押し込めてきた感情が溢れ出る。

子供みたいに泣きながら家に帰り、トイレに駆け込む。自分にはこんなところしか居場所がないのか。

いつか、うまくいけばいいと思っていた。

父も母も兄も、みんなでうまくいけばいい。

ドラマや小説の中の家族のように、みんな仲良く、幸せになりたい。

――だから、あんなことまでしでかしたというのに。

三年前のあの日、祖母が三度目の発作を起こした。

ベッドに座った祖母に、昼食を食べさせているときだった。急に身体が痙攣《けいれん》し始めたのだ。

そのとき、祖母の部屋には瞳子しかいなかった。父も兄も母も店に立っていた。
ベッドの上に倒れた祖母を見て、瞳子は思った。

――このまま、放っておいたら、みんな、幸せになれるんじゃないか。

母は祖母に杖で殴られることもなくなり、そうすれば父とも仲良くなり、瞳子にも優しくしてくれるようになるんじゃないのか。

テレビの音が、祖母の小さな呻《うめ》き声を掻き消していた。

――どうか死んでくれ。

――死んでくれ。
死んでくれ。
死んでくれ。
死んでくれ。
死んでくれ。
死んでくれ！

そう懇願していると、祖母と一瞬目が合ったような気がした。瞳子は目を逸らし、次に戻したときには、ぐったりとして声も出ない様子だった。

一枚、透明な膜の向こうにいるような祖母をぼんやりと見つめていると、「瞳子！」と階段の下から呼ばれた。

「手が空いたら店手伝って！」

そのときにはっと、我に返った。何を思ったんだろう、私は。

「お母さん！　救急車呼んで！　お祖母ちゃんが倒れた！」

祖母は病院に運ばれたが、その日の夜に息を引き取った。

瞳子は激しい後悔に襲われていた。一体自分はどれだけの時間、ああやって祖母を見ていたのだろう。ほんの一瞬にも、数時間にも思われる。

もし、自分があの瞬間に救急車を呼んでいたら、助かっていたんじゃないか。

――私が殺したんじゃないか。

あのときのことは誰にも言えていない。

それでも、ようやく厄介者の祖母がいなくなり、幸せな家族になれると思った。

だけど、そうはうまくいかなかった。

祖母がいるからヒステリックなのだと思っていた母は、祖母がいなくなっても、いろんなことに怒っていて、そのたびに、瞳子に当たった。特に常連客がお見合い話を持ってくると、「あんな条件の悪い人」「あんな顔の悪い人」と何かにつけて文句を言っては父も母も断った。

中には、瞳子が会ってみたいと思うような人もいた。が、怒られそうで、言い出せなかった。


――両親は自分のことを思って言ってくれている。


そう思いたかった。そう思わなければいけないと思っていた。

そんな矢先に、母が祖母と同じ発作を起こして倒れた。神様を恨んだ。

なんとか母に、良くなって欲しかった。

が、母は「死にたい」と言った。「こんな、お祖母ちゃんと同じ病気で、どうやって死んでいくのか、もう目の前で見てきたもの」と。なんとか、生きようと思って欲しいと瞳子は思っていた。そう伝えると母は言った。

「ずっと、私の側にいてくれる？」と。瞳子は当たり前だと母に言った。

あのときは、本当に、そう思っていた。


――だけど、今は。

家族に抱いていた愛情のようなものは、どこかへ消え去ったようだった。

絆《きずな》だと思っていたものは、ただの鎖だった。――首に巻きついたそれは、時が流れるとともに重くなっていき、いつか息の根を止めるだろう。

――私は何のために、祖母を見殺しにしたのだろう。

私に似ているという、あの女を。


――心臓の上で『エリーゼのために』が鳴る。が、もう動悸はしなかった。何度も鳴るそれを無視して、瞳子は自分の部屋で畳にぺたりと座り込み、呆然《ぼうぜん》としていた。

「おい、母ちゃんが呼んでるんじゃないのか」

父が部屋に入ってきて、怒鳴る。

「何してるんだ」

見下ろした父は、いつものように何も知らないような表情をしていた。

瞳子は立ち上がると、

「私、優良から全部聞いたから。お父さんが全部たくらんだことだったんだって？　私はお父さんのいいようにされてただけだったんだね」

そう言い返した。

「一体、何のことだ」

「一連の事件のことだよ。もう全部聞いたの」

「は？　一連の事件？」

「最近の嫌がらせのことだよ！　優良が全部白状したんだからね！」

顔を歪めた父は、一瞬、言葉を失った。

「……だったら何だっていうんだ！」

開き直った様子の父が、どんっ、と足を踏み鳴らす。子供の頃いつもこれが怖かった。母とケンカしているとき、いつもこうやって相手を脅《おど》かすのだ。

瞳子は負けじと、

「優良には店を辞めてもらうから！」

「お前に何の権限があると思って言ってるんだ！」

「私だって店の一員で……」

「あいつはオレの言うことを聞いただけだろう！　そもそもあいつが辞めたらどうやって店を回していくんだ！」

顔を真っ赤にして怒る父が、滑稽に見える。

「お父さんはいつも自分のことだけが大切なんだね！　私の夢まで握り潰して、どうしてそんな平気な顔していられるの？」

「夢って何のことだ？」

「作家になる夢だよ！　本当は編集者から電話が来てたんでしょ？　もう、全部聞いたの！」

「何を今更。ちょっと文章が書けたからって、作家になって生き残っていけると思ってるところが甘いんだ！　それなら店で働いてた方がよっぽど現実的だろう！」

「そんなのお父さんが決めることじゃない！　私をもう、縛《しば》らないで！」

喉が痛かった。こんな風に大きな声を出すのは、人生で初めてだった。

「何を言ってるんだ。お前にだって自由にさせてただろう」

父は、ふっと鼻で笑った。

「自由ってなに？」

「神田先生が来たときは、目を瞑ってきたじゃないか」

どこか意地悪な目つきで瞳子に視線を送った。

それを聞いて顔から火が出るかと思った。父は知っていたのだ。神田との関係を。

「……相手が既婚者だったら、出ていくことはないって、そういうわけ？」

「不倫をしている娘を、見逃してきてやったんだろう」

「そんなの優しさでも何でもない！」

悔《くや》しくて、胃がよじれそうだった。

ブザーは鳴り響いている。

「お母さんは、お前がいないと死ぬって言ってるんだぞ。お前はそれでも出ていけるのか。そんな薄情な娘だったのか」

ぐっと喉が詰まる。

「お前は、母さんが死んでもいいんだな？　死ねばよかったと思ってるんだな？」

そんなわけない、と声を捻り出す。

「そんなわけないから、今まで一生懸命やってきたんでしょう？」

「じゃあこれまで通り、やってればいいんだ。全く、あの丹羽とかいうやつが来てから、お前は変になったぞ。

だからオレは、あの貼り紙をヒントに、優良に嫌がらせをさせることを思いついたんだ。お前がちゃんとしてたら、そんなことする必要はなかった」

変なのはあなたよ、と思う。

と、階段の下から、こんにちは、と声がする。──神田だった。

「開店前に来ちゃいました、玉稀ちゃん元気ですか？　……っと、お呼びじゃなかったかな？」

瞳子の目を見た途端、神田は、大丈夫か？　と声をかけてきた。父は何もなかったように「ちょっとした親子ゲンカですよ」と笑って誤魔化す。どこまでズルいんだと瞳子は父の姿が何か得体のしれない怪物のように見えた。

「……ちょっと出かけてくるから。お母さんのこと、お願い。車借りる！」

すれ違いざまに父と神田が何か言ったが、もう瞳子の耳には届いていなかった。

今、会いたいのは一人だけだ。こんな昼間に、彼の近所の人に見られたらまずいのかもしれない。でも、どうしても会いたい。

瞳子には、顕だけしか、もういなかった。

＊＊

土曜日の朝からビールを呷り、カレンダーを見つめた。明日は実家に帰る日だけれど、テレビのニュースを見る限り台風が接近していて、家を出られるか分からないなとぼんやり思う。と、美樹から電話がかかり、

「お兄ちゃん、台風のニュース見てる？」と訊かれた。

「見てるよ。今日、通り過ぎてくれたらいいけど、明日もどうなるか分からないな」

「でしょ？　だから、もしできるなら、今日お母さんのところに行って、買い物すませてきてもらえたらありがたいんだけど。どう？」

顕は、あー、と言いながら、右手に持ったビール缶を見つめた。

「悪い。今アルコール入ってるから、車の運転無理だわ」

そう答えると、

「……お兄ちゃん、朝から飲んでるの？　あのさ、お義姉さんいるんだよね？　何も言われないの？」

一瞬、言葉に詰まり、

「いや、また旅行中」

そう嘘をつく。

「……ねえ、お兄ちゃん嘘ついてない？　本当は出ていっちゃったりしてんじゃないの？　おかしいじゃない。急に旅行ばっかり行ったり、電話できるようになったり。嘘つかないで教えてよ。ケンカしたんじゃないの？」

──妻を埋めて二十七日が経つ。

もう限界なのだろうか。そう思いながら嘘を重ねる。

「あー、ばれたか。ケンカしたからお詫《わ》びに旅行をプレゼントしたんだよ。だから今日は朝から飲めるの。お前は気にしなくていいから、な？」

そうは言ったって、と追及をやめようとしない妹に、

「それより台風来てるけど、お前は大丈夫なのか？」と話題を逸らす。

「お兄ちゃん、テレビ見てない？　昔遊びに行った絵武山で土砂崩れがあったって。なんか大変な被害が出てるみたいだよ」

「え!?」

思わず大きな声が出て、美樹は「もう何なのよー」と不満を漏らしている。リモコンでチャンネルを替えながら、「いや、何でもない。じゃあな」と電話を切る。

テレビに絵武山が映し出されると、確かに土砂崩れがあり、道が塞《ふさ》がれている様子だった。

――このままだと春代の遺体が出てきてしまうかもしれない。

急に汗が出てきて、エアコンの温度を下げた。自首した方が、罪は軽くなるだろうか。いや、まだ早い。まだ何か打つ手はあるはずだ。まだ、遺体が出てきたと決まったわけではないじゃないか。

と、携帯が震えた。――春代の携帯だった。

〈非通知〉のそいつは、まるでどこかで顕のことを見張っているかのようにタイミング良く、そして、しつこく電話をかけてくるのだった。相手は誰だろうと、何度も考えてきた。が、答えは見つからないのだ。

携帯をじっと見つめる。このまま放っておけば、いつも通り、あと数回で切れるだろう。だけど問題を先延ばしにしたところで、何になる。

――顕は思い切って、通話ボタンを押した。

「……もしもし」

敵に挑むような心持ちで声を出す。と、あれ？　と穏やかな声が聞こえてきた。

——母だった。


「あれ？　私間違えたかしら？　春代さんに電話をかけたつもりだったんだけど」

大きく溜息をつく。——なんだよ。

「え？　どうかした？」

思わず声に出ていたことに気づき、「いや、何でもない」と取り繕《つくろ》う。

「今トイレに行ってるから俺が出た。どうしたの？」

「あのね。あんたがうちに来るのは、今日だったかなと思って、春代さんに訊こうと思ってたんだけど。ほら、台風が来てるでしょ。だから大変だなと思って」

「お袋。俺が行くのは明日だよ。明日行くからね」

「あら、そうだった？　分かったわ。ありがとう。気をつけて来てね」

「あのさ、お袋。電話番号が非通知になってるんだけど、どうした？」

「ん？　非通知って何かね？」

その答えで、母は何か操作を間違えて、電話番号が出ないようになってしまっていると気づいた。

いや何でもない、と電話を切る。

が、五分後、また同じ内容で電話がかかってくる。

「あら、春代さんの携帯じゃなかったかしら？」

「今トイレ行ってるよ。俺は明日行くからね」

「あら、ありがとう。気をつけて来てね」

電話を切ると、また大きな溜息が出た。

――春代が、母の認知症に気づいていた理由が、今、分かってしまった。

母は顕に遠慮して電話をしてこない分、春代にかけてきていたのだろう。そして、春代もまた、それにきちんと答えてくれていた。だからこそ、母は何度も何度も電話をしてきたのだ。

二人の間には、顕の知らない信頼関係があったのではないか。

また電話が鳴る。

「あら、春代さんの携帯じゃなかった？」

「いや、ちょっとトイレに行ってて」

「そう。じゃあ伝えてくれる？　台風が来てるから気をつけてねって。よろしくね」

母からの三度の電話の後、急に風が強くなり、窓ガラスがガタガタと鳴り、家が軋んだ。

——こんなことがあって、いいのだろうか。

お袋のことを侮辱されたと思って、逆上した自分は何だったのだと顕は頭を抱えた。

——妻を殺した意味は、何だったのだ。

どうして仲良くしてるなら言ってくれなかった。あれほどまでにルールで縛りつけた理由は。クソババアとまで言ったんだぞ。死ねばいいとまで……。本心でなかったというのか。あれがただ単なる皮肉だとは到底思えなかった。そうだろう？　違うのか？

問いただしたかったけれど、もうその相手はいない。自分が殺したのだ。

そのとき、唐突にインターホンが鳴った。画面には疲弊した表情の瞳子が映っている。

「どうしたんですか？　濡れてるじゃないですか」

心配して訊ねると、画面の向こうの彼女は破顔して頬を涙で濡らした。

「……丹羽さん、家に入れてもらっていいですか？　私にはあなたしかいなくて」

当たり前じゃないですか、と告げて玄関へと急ぐ。

「何かあったんですか？」

嗚咽で何も言えなくなっている彼女の二の腕を摑んで引き寄せ、扉を閉めた。彼女の素肌からは熱気が伝わってきて、まるで子供が泣きじゃくった後のような匂《にお》いが立ち込めていた。

「……安心してください。店に悪戯をしていたのは、神田先生じゃなかった。父が丹羽さんと私が付き合っていると疑って、仲を引き裂くために仕組んだことだったんです。介護要員を失わないために。奥さんを埋めたことがばれたわけではなかったですから」

心の底から安堵したけれど、彼女のことを思うと素直に喜べなかった。

「全てお父さんの企《たくら》みだったということですか？」

瞳子は頷く。その目にじわりと涙が浮かぶ。顕は思わず瞳子の視線に顔を下ろし、手のひらで頬を包んで言った。

「僕は絶対に、あなたを裏切ったりしない」

くしゃくしゃに歪んだ瞳子の顔にキスをしながら、彼女の身体を抱き上げた。彼女もまた、顕の首に手を回し、それに応えてきた。流れるように寝室へ行き、彼女をベッドの上に横たわらせる。――こうやって女性を抱くのは、久しぶりだった。妻とはもう随分長い間、手も握らない関係になっていた。

彼女のTシャツを脱がせ、首筋に顔を近づけると、まだ触っていないのに随分熱を帯びているのが分かった。彼女の胸に顔を埋めると、自分の顔がどれほど冷えていたか自覚する。

彼女を慰めたいと思ったつもりが、逆にその温もりに自分が癒《い》やされているのが分かる。なるべく彼女の身体に負担をかけないようにと思いつつも、早く中に入りたいと、気持ちが逸《はや》った。

彼女はそれに気づいていたのか、顕の頭を抱きかかえ、「大丈夫」と耳元で囁《ささや》いた。

「私は、ずっとあなたの味方だから」

顔をあげると、瞳子が顕の目元を指先で拭い、——初めて自分が泣いているのだと気づいた。

「すいません」

「謝らないで。大丈夫ですから」

頷き、彼女の中に入る。顕が動くたびに喘《あえ》ぐ彼女は、心から安心したように身体から力を抜き、全てを顕に委ねてくれていた。


「もしかしたら、僕は捕まってしまうかもしれません」

ベッドの上で頭からすっぽりと瞳子を包むと、囁くように顕は話した。どうして、と彼女は腕の中で小さくたじろいだ。

「絵武山で、土砂崩れがあったとニュースで言っていたんです。もしかしたら、遺体が出てくるかもしれない。そうしたら、僕はまず、言い逃れができない」

瞳子は顕の胸を押し、身体を離すと、そんなの絶対に嫌です、と、顕の顔を見つめた。

「僕だって嫌ですよ。せっかく瞳子さんと出会えたのに、離れ離れになるなんて耐えられない。……だけど、心配しないでください。もし見つかっても、僕一人でしたと話しますから」

眉《まゆ》を下げてこちらを見つめる瞳子は、嫌だ嫌だと、頭を横に振った。

「お願いだから、そんなこと言わないでください。さっき、裏切ったりしないって言ったじゃないですか」

「もちろんです。だからこそ、見つかったら僕一人で」

「見つからないようにする方法を考えましょう。……私、台風が去ったら、もう一度あの場所に行ってみます」

「え？　そうしたら瞳子さんが危ない」

「大丈夫です。私が行って、もし遺体が出てきていたら埋め直してきます。安心してください。絶対にあなたを捕まえさせたりはしない」

瞳子はついさっきまでとは違って、しっかりとした声でそう告げた。

＊

夜まで顕の家で過ごすと、台風は通り過ぎたようで、雨風はもうおさまっていた。

「本当に一人でいいんですか？」

顕はそう訊ねたけれど、瞳子の腹は決まっていた。はい、と答える。

「行ってきます。……戻ってきたら、抱きしめてください」

気をつけて、と顕は瞳子の手を握った。

山道は鏡面のように車のライトを反射し、霧が出ているため、スピードが出せず、じれったいくらいにゆっくりしか走ることができなかった。

早く早く早く。

瞳子に、もう怖いものはなかった。顕を失うこと以外は。

男は二人しか知らない。比べる対象は少ないけれど、顕の抱き方はやっぱり神田とは違った。どこまでも優しく、そして母性をくすぐるほどに弱々しかった。生命力の塊《かたまり》のような神田とは正反対だった。瞳子は顕を、守りたいと思った。

土砂崩れがあったのは頂上付近らしく、〈あれ〉を埋めた場所まで行くのに、大きな障害物はなかった。カーブミラーの下に車を停め、確かこのあたりだった、と林を分け入る。

地面はぬかるみ、何度もこけながら前に進む。もしものときのためのスコップを杖の代わりにするが、うまくいかない。

確かこのあたりだった、と懐中電灯で照らすと、水溜《みずた》まりの中に水色の布が見えた。〈あれ〉を包んだ毛布だった。瞳子は慌てて走り出し、無我夢中でそれを埋め始めた。

出てくるな！
出てくるな！
出てくるな！

凶暴な感情に任せて、スコップを動かす。
雨を含んだ土は、乾いた物より随分と柔らかくなって掘りやすかったけれど、水分を含んだ分重かった。この前はしなかった臭いも強くなっている気がする。――雨を含んだ土の匂いか、それとも……。

――私はここにいる。

毛布の中の〈あれ〉が、そう主張しているようだ。
ふと、長く連れ添った夫に埋められるのと、見知らぬ女に埋められるのでは、どちらがより残酷なのだろうという思いが頭をよぎる。でも、どちらにせよ、今、出てきてもらっては困るのだった。

そのとき、ガサッと背後で音がした。驚き、振り返る。懐中電灯で音がした方向を照らすと、鳥が枝に止まっているのが見えた。

「なんだ……」

気弱になっている自分を奮い立たせ、手を動かした。

泥だらけになって車に戻る。膝《ひざ》も腕もガクガクと震えていた。後部座席で顕に借りた服に着替えようとするが、うまく服を脱ぐことができない。全身が小刻みに揺れているのだった。

なんとか着替えると、顕にメールを打とうとする。が、本当のことを話して顕は、平常心を保てるだろうかと、どこか冷静な頭で考え、小さな嘘をつく。

〈だいじょうぶでした〉

文面が短くなったのは、嘘を悟られないためもあったけれど、手が震えて文章を打ち込むのが難しいからだった。

〈ありがとう〉

すぐに返事が来て、ようやく安堵して、元来た道を戻っていく。

途中でスーパーの灯《あか》りが見えてきた頃には、非日常から日常へ戻ってきたようで、ふと、明日の朝ご飯を買おうと思い立ち、そのまま吸い込まれるように駐車場へと車を入れた。

明日の朝は、何か手作りの朝食を二人で食べよう。顕は和食派だろうか、洋食派だろうか。作る相手が替わるだけで、こんなに気持ちが違うものなのかと瞳子は母を思う。毎朝、食べやすいように、ご飯を小さく握るけれど、感謝の言葉をもらったことは一度もない。口まで運び、うまくいかなかったときに、怒鳴られたことは何百回だってあるけれど。

カートを押しながら、野菜売り場で玉ねぎと茄子《なす》をカゴに入れる。これで味噌汁を作ろう。鮮魚売り場で鮭《さけ》の切り身が二切れ入ったパックを選び、周りからはどんな風に見られているだろうと、さっきとは違う、少し高揚した気持ちでカートを押した。レジの店員はきっと瞳子のことを、深夜に彼氏の服を着て、明日の朝ご飯を買いに来た彼女だと思っているだろう。

スーパーを出た頃には明るい気分になっていた。今から帰るのは顕の家だ。もう、今日は家に戻る気はなかった。父を困らせてやりたかった。――母が病気になって、初めての外泊だった。
車庫に車を入れ、小さく鼻歌を歌いながら玄関へと急ぐ。
が、扉に何か貼《は》られているのが視界に入る。
恐る恐る手を伸ばし、その紙を剝《は》がす。

〈お前がしていることは知っている〉

瞳子は、おかしい、と呟いた。
犯人は優良だったはずじゃないのか。
全てがばれた今、こんなことをする意味がない。
——他に犯人がいる。それも、全てを知っている人が。
神田か。
父か。
それとも、兄か。
——そのとき、一人の人物が思い浮かんだ。
瞳子はあの日、彼女をアリバイに使った。それが彼女にもばれてしまった。うまく誤魔化してくれたと言っていたけれど、本当は全てを知っているんじゃないか。
――聡美なんじゃないか。

そのときメールの着信音が鳴った。

〈夜遅くにごめん。ちょっと話があるんだけど、これから時間作ってもらえないかな？〉

聡美だった。
――彼女なら、私と顕のことを知っている。
間違いない。
彼女が犯人だ。
そのとき、扉が開き、「瞳子さん？」と顕が顔を出した。
「何かあったんですか？」
瞳子はその顔を見て、決意を新たにした。
――顕を守るためだったら、何だってする、と。

第六章

＊

深夜のファミレスは思ったより人が多かった。

午前一時過ぎだったから、若い人たちが集まるイメージだったけれど、老夫婦が数組、仲が良さそうにコーヒーを飲んでいて驚いた。話が尽きない様子でおしゃべりを続ける彼らは、自分とは無縁の人のように思う。こんな世界があることを、母は知っているだろうか。不意にそんなことを考え、頭を振る。——今はそれどころではない。

指定された店で聡美を待つ間、瞳子はついさっきの顕とのやり取りを思い出していた。

貼り紙を見た顕は、血の気が引いた表情で、犯人はもう分かったんじゃなかったんですか、と弱々しい声を出した。

「他に、知っている人がいるということだと思います。……多分、私の友人です」

顕は聡美のメールを見ると、どうしましょうか、と焦った。その姿を見て、瞳子はどこか冷静になる自分を感じていた。

「話がある、というくらいだから、すぐに警察に行ったりということはないと思います。とにかく、私が話をしてきますから、丹羽さんは家で待っていてください」

大丈夫です、と瞳子が首を縦に振ると、彼もまた、頷いて、幾分か落ち着きを取り戻した様子だった。――自分がしっかりしなければ。

「ごめん、待たせて」

顔をあげると、聡美が手のひらを合わせて、こちらを拝むようにしながら前の席に座ろうとしていた。

「お母さん、大丈夫だった？　どれくらい時間ある？」

そう訊ねられ、

「……今日は例の彼のところにいるの」

と、答えて、聡美の様子をうかがった。貼り紙をしたのが彼女なら、そんなこと知っていて当たり前なのだ。

「あ、そうなんだ。何かそんな気がしてたんだよね。最近お母さんが携帯禁止してくるって言ってたから、メールしても返信なかなか来なかったじゃない？　なのに、今日はすぐに来たからさ。でも、ごめんね、邪魔して。だけど、よかったね。……自由な時間ができて」

うか。

聡美は屈託なく言う。どうなのだろう、と瞳子は逡《しゅん》巡《じゅん》した。彼女が犯人なのだろ
「……話って何？」

瞳子から切り出すと、彼女は、言いにくいんだけどさ、と前置きして、

「お金貸してくれないかな。絶対に返すから」

そう、頭を下げてきた。——やっぱりか。

「……どれくらい？」

「五十万円くらい」

——五十万円。使い道のないお金をコツコツ貯《た》めてきたので、それくらいはすぐに用意できる。が、貸してくれと言われてすぐに貸せるような金額ではない。それくらい彼女も分かっているはずだった。

「……何に使うの？」

「うちの実家の薬局、経営厳しくて。父さんが街金に手を出してたみたいなの。親戚じゅうに頭を下げてなんとかかき集めたんだけど、明日の夕方までにあと五十万円どうしても足りないの」

「そんなこと、今まで一度だって言わなかったじゃない」

「言えないことってあるじゃない。……瞳子にだってあるでしょう？」

上目遣いでそう言われてはぐうの音も出なかった。結局、聡美はそのことで自分にたかろうとしているのだと確信した。

「……お金出したら、あのこと言わないでいてくれる？」

「当たり前じゃない。……だって、私たち、友達でしょう？」

聡美はそう頷いた。何が友達だ。友達だったらこんな脅迫じみたことをするはずがないじゃないか。

「分かった。じゃあ、朝になったら家に帰って、下ろしてくる。明日の夕方でもいい？」

「もちろん。ありがとう、瞳子。彼氏によろしくね」

聡美は結局、何も頼まずに帰っていった。足取りが軽い彼女とは正反対に、瞳子の身体はソファにずっしりと重く沈みこみ、ちょっとやそっとでは起き上がれそうもないほど疲弊していた。深い溜息が出る。

冷めきった紅茶を啜《すす》り、これからの算段をする。

神田からもらったお金が二十万円ほど、学習机の引き出しの中に貯まっている。コンビニのＡＴＭで下ろせる限度額は二十万円だったか、それとも五十万円だったか。

とにかく、なるべく誰にも会わずにすむ方法を取りたい。

時計を見ると、午前二時を過ぎていた。ひとまず顕の家に帰り、彼の隣で睡眠を貪《むさぼ》ろう。まずはそれからだ。瞳子は伝票を持って、ようやく、レジに向かった。

老夫婦たちはまだ、おしゃべりを続けていた。

＊＊

隣で眠る瞳子を起こさないように、顕はベッドから起き上がった。台所へ行って水を飲む。彼女からお金で決着がついたと聞いてから、喉が渇いてしょうがなかった。本当にそれですむのだろうか。

——人は嘘をつくものだ。それは顕が一番よく分かっている。お金を払ったところで、また要求されるのではないか。そこを疑っていない瞳子は甘いと思う。

そして、顕もまた瞳子に嘘をつきすぎていた。

妻を殺した理由もそうだし、捜索願の件もそうだ。それがばれても彼女は、自分のことを守ろうと思ってくれるだろうか。——自分なら願い下げだ。

どうにか彼女に嘘がばれないようにしたかった。それはただ事件が発覚しないで欲しいというだけではなく、――情のようなものだった。

彼女の境遇は同情すべきところがあまりに多すぎた。介護をさせられるために生まれ、育てられたようなものではないかと、顕が聞いても憤る。そんな彼女に、自分まで裏切っていたとは、思わせたくなかった。

「丹羽さん？　眠れませんか？」

顕のパジャマを着た瞳子は、台所の入り口に立っていた。

「ちょっと喉が渇いただけです。でも、やっぱり眠れないかな」

紅茶でも飲みますか？　と顕が戸棚を探していると、背中がじわりと温かくなった。瞳子が抱きついているのだった。

「瞳子さん？」

顕が訊ねると、大丈夫です、と彼女は言った。

「私が、守りますから」

「……男が言われる言葉じゃないですね」

そう苦笑していると、じゃあ丹羽さんが言ってください、と彼女は言った。

「なんて、図々《ずうずう》しいですよね」

瞳子は笑って、背中から離れた。

顕は振り返り、

「僕が瞳子さんを守ります」

そう言った。

これも、嘘になるだろうか。それとも今度こそ、約束を守れるだろうか。

「……瞳子さん。今日は眠れそうにないから、DVDでも観ませんか？」

顕が提案すると、瞳子は、え？　と驚いたように顕を見た。

「こんな風に瞳子さんとゆっくりする時間なんて、今までなかったから。今日は朝までDVDを観て、お菓子でも食べて、笑って、好き放題するっていうのはどうですか？」

「……カロリーなんて気にしないで？」

「肌が荒れるなんて気にしないでもいいですよ」

顕が冗談混じりにそう言うと、もう、と笑いながら胸を叩いてきた。その仕草《しぐさ》が可愛く見えて、思わず彼女を抱き寄せた。

リビングに置いてあるDVDのコレクションの中から瞳子が選んだのは、妻が好きなドラマだった。顕はお涙頂戴《ちょうだい》であまり好きではなかったが、あまりに嬉しそうに瞳子がセレクトしたため、それは黙っておいた。

戸棚にあったクラッカーを皿に並べ、買い置きのワインを開け、乾杯をする。子供のように丸くなって顕の隣に座った瞳子は、「私、このドラマが一番好きなんです」と言った。

「もう、何百回も観て。それでも飽きなくて。……ほら、このあと、ヒロインとその恋人が、ほんの一時だけ、二人で暮らすでしょう？　もう病気は治らないって分かってるけど、それでも一緒にいてくれる人がいて、愛してくれるなんていいなって、ずっと思ってた」

顕は、瞳子の肩をぎゅっと抱き寄せて、

「じゃあ、ずっと一緒にいましょう」と言った。

彼女は、はい、と微笑み、また、テレビの画面に視線を戻した。部屋の灯りを消して、画面の光にだけ照らされた彼女の横顔は、本当に幸せそうだった。

＊

結局、ＤＶＤを観ながらリビングでうたた寝をし、朝食とも昼食とも言えない時間帯に二人で起きた。手伝うという顕の申し出を断って、瞳子は一人で台所に立った。味噌汁に焼き鮭、卵焼きといった何てことないメニューの朝食を顕は、「久しぶりにまともな朝食」と喜んでくれた。

「一人だったら作る気にならないですよね」

そう口にして、しまった、と思う。せっかく二人きりの朝なのに、土の中で眠る彼の奥さんを思い出すようなことは言いたくなかった。

それを察したのか、顕が口を開き、「そうなんですよ」とフォローしてくれる。

「僕はこの甘い卵焼きが好きなんです。なのに妻は出汁巻《だしま》き……」

そこまで言って、口をつぐんだ。瞳子は自覚してしまった。この空間に奥さんがいなくても、自分たちの間には奥さんが、それこそ、幽霊のように存在し、どんなに考えないようにしても、離れてくれることはないのだ。

少し沈黙が続いたけれど、先に口を開いたのは瞳子の方だった。

「よかった。喜んでもらえて」

そう笑うと、顕も安心したように微笑んだ。

父が反省していることを期待していないと言えば嘘になる。

瞳子は昼過ぎの店のピーク時に着くよう計算して、顕の家を出た。自分がいないことで困って、できるだけありがたみが分かればいいと思ったのだった。

台風が一掃した街並みは、普段より輝いて見える気がした。晴天が広がっていて、洗濯日和《びより》だなんて呑気《のんき》なことを思う。——聡美に金さえ渡せば終わる。そう信じたかった。

店の前に行列ができているのを横目に車を停め、瞳子はお客さんに、もう暫くお待ちくださいね、と声をかけた。「瞳子ちゃん、どこ行ってたの」と常連さんに言われ、「ごめんね」とはぐらかしながら微笑む。——やっぱり私がいなければだめなのだ。

が、商店街の方から走ってくる優良の姿を見て驚いた。瞳子がいつも、おつかいをしに行くときに使っている黒いトートバッグを肩から下げている。——どうして優良がまだ働いているの？

「あ、瞳子さん。どこ行ってたんすか。親父さん、めっちゃ怒ってますよ」

そう言って店に入っていった優良は、自分よりも家族に馴染んでいるように見えた。……自分の居場所が、どんどんなくなっていく。

「お前はふらふらどこに行ってたんだ！」

父の怒号が飛ぶ。

「自分勝手なことして、家族として恥ずかしいと思わないのか！　お母ちゃんのこともほっぽらかして！　昨日の夜は一帆と小春さんに泊まってもらったんだぞ！　兄ちゃんに謝れ！」

客の前だというのに、手加減なく怒鳴り散らす父を唖然《あぜん》として見つめた。

――何も変わっていない。決死の覚悟で家を出たというのに、結局全ては瞳子のせいになるのだ。

「ほら、ほら、これつけて。そしたら親父の気もおさまるって。後でちゃんと謝っとけよな」

兄はトンカツを揚げていた鍋《なべ》から少しの間離れ、首に下げていたブザーの受信機を外し、軽い調子で瞳子の顔の前に突き出した。父に似てきた兄の顔を見ていると、この家には本当に自分の理解者はいないのだと思った。

『エリーゼのために』が鳴る。

瞳子は受信機をひったくると、店を出て階段を上り、母の部屋へと足を進めた。

――受信機をもう一度、首にかける気にはなれなかった。

「おにーちゃん。のどがかわいたんだけど」

え？　誰の声？　瞳子は自分の耳を疑った。

娘が戻ってきたと気づいていない母が、猫撫《ねこな》で声《ごえ》でそう言ったのだと気づく。驚いた。自分以外の人間にはこんなに優しく声をかけるのだ。

「お兄ちゃんじゃなくて、私だけど？」

冷めた声でそう言うと、母は瞳子に気づいた。かっと目を見開き、枕元にあったティッシュの箱を投げてくる。

「あんた、わたしを捨てるき!?」

ティッシュの箱を拾おうとしたけれど、馬鹿馬鹿しくなり、そのままにして立ち尽くした。言いたい言葉が、喉までせり上がっているけれど、それを言う勇気が、まだ出てこない。前に神田に言われたことを思い出す。何が怖いんだ。そう彼は瞳子に言った。そうだ、私は母に自分の言葉を話すのが怖いのだと改めて思う。受け入れてもらえないのが、分かってもらえなくて傷つくのが、堪《たま》らなく怖いのだ。

「あんたが、いなくなったら、死ぬからね？」

「……お母さん、どうしてそんなこと言うの？」

「こたえなさい。死んでもいいの？」

「……そんなこと、誰も、一言も言ってない！」

とぎれとぎれになって、ようやく言葉を返す。が、母にはまるで届いていないようだった。顔つきはより一層険しくなり、

「おんなのこなんて、うんでも、なんの得もない」

こうやって酷い言葉でしか縛れない母を、哀《あわ》れだと思った。どうして気持ちが伝わらないのだろう。どうして分かってくれようとしないのだろう。――母なのに。

「……じゃあ、産まなければよかったじゃない」

瞳子はずっと、子供の頃から思っていて、でも絶対に言えなかったことを口にした。

自分の存在すら認めることができない気持ちを、母は分かるだろうか。祖母に似ていると否定されるたびに、思ったこと。それは自分さえいなければ、母は幸せになれるんじゃないかということだった。

祖母への憎悪が増えると同じように、自分自身への怒りが募《つの》り、その暗い思いは自分で自分の命を絶つことを考えさせた。

ベランダに出て遠くの山を見ているとき、ここから落ちたら死ねるだろうかと、それこそ何百回と考えた。死という甘い誘惑はいつだって瞳子にまとわりつき、いつし

か死んだら母が悲しんでくれる、――愛してくれるんじゃないかと、ドラマの主人公のような死を遂げたいと思うようになっていったのだった。

ずっと自分の中でタブーだった問いを、思い切って訊ねてみる。

「……お母さん、私のこと愛してる？」

口にすると、声が恐ろしく震えているのが分かった。母は呆気《あっけ》に取《と》られた顔で、

「なにをきゅうに。きみのわるいことを」

――気味の、悪いこと。

娘のありったけの勇気をそんな言葉で片づけてしまえるのか。喉がぐっと鳴った。言葉が詰まる。

まだまだ言いたいことはたくさんある気がした。喉に蓋《ふた》をしてしまわなければ、洪水のように言葉が流れ出し、母を巻き込み、傷つけ、精神的にも追い込んでしまう気がした。

――そんなことは瞳子にはできなかった。母を、傷つけたくなかった。急速に身体から力が抜けていく。これ以上、自分も傷つきたくない。

「……ごめん、なんでもない。私、ちょっと用事があるから」

ようやくそう言い残して、扉を閉め、自分の部屋へ行く。

学習机の引き出しの中から通帳とクレジットカード、神田からもらった二十万円を取り出し、聡美に渡す準備をする。隣の部屋からは母が嫌がらせなのか、テレビのボリュームを上げ、ブザーを何度も鳴らし、アピールをしてくる。

と、母の部屋のテレビから、〈絵武山〉という言葉が聞こえた。驚き、慌てて自分の部屋のテレビをつけた。ちょうど報道番組が流れていて、女性アナウンサーがニュースを読みあげているところだった。

絵武山の山中で、女性の遺体が発見されました。現在、県警が捜査を進めています。なお、身元はまだ分かっていません――

瞳子はテレビに釘付《くぎづ》けになった。

画面には、警察車両が数台停まり、立ち入り禁止のテープが貼られているのが映し出されていた。ブルーシートで中が見えないようになっているが、まさしく二人で埋めたその場所に見えた。

どうして、遺体が出てきたの。自分が昨日、埋め直したばかりなのに。なぜ。

──顕と逃げなければ。

反射的にそう思う。

もうお金を聡美に渡す必要はない。ボストンバッグにお金と通帳、当面の着替えを詰めると、部屋を見渡した。母が倒れてからずっと付き添って眠っていたため、この部屋は物置の状態になっている。ここともう、さようならだ。

母の部屋の前へ行き、──ブザーの受信機をそっと置いた。

『エリーゼのために』が鳴り響いている。

もう二度とこの曲を聴くことはないかもしれない。もう二度と、母に会うことはできないかもしれない。それでも、私は、行かなければいけない。

瞳子は階段を駆け下り、外へと飛び出した。

車に乗り込むと、顕に電話をし、ニュースを見ましたか？　と訊ねた。彼も同じニュース番組を見ていたようで、はい、と答えた。

「丹羽さん、逃げましょう」

瞳子は言った。

「私と逃げましょう。当面の資金はあります。今からそっちに向かいますから、お願いだから一緒に逃げましょう」

涙が溢れて、しょうがなかった。


――私は、母を捨てるのだ。

＊＊

瞳子からの電話を受けて、顕がまずしたことは、母に電話をかけることだった。このまま彼女と逃げたら母の声を聞くこともできなくなるかもしれない。コール音が右耳に響く。その時間は永遠のように思えた。

「もしもし」

やっと電話に出た母に、「あ、俺」と告げる。が、母は「ん？　誰？」と分からない様子だった。

「俺。顕だよ」

焦って伝えるが、母は冗談のように「誰？」と繰り返し、困惑した様子だった。

「顕だよ、顕。お袋の息子」

そこまで伝えると、「ああ」と思い出したようだった。

「ごめん、お袋。今日、そっちに行けなくなったんだ」

そうかね、と返事があるが、そういう約束だったということも分かっていない様子で、曖昧なまま電話は切れた。


——俺のことも忘れるのか。


いつかそうなることもあると、知っていたはずなのに、動揺が酷かった。お袋は一体、何を覚えていて、何を忘れたのだろう。

不意に、春代もこの衝撃を味わったんじゃないか、と、思い至った。

春代の携帯の発信履歴を遡《さかのぼ》る。思った通り、春代から母に電話をかけることもあったようだった。もし、春代が電話をして、「あんた誰？」と言われたらどんな気持ちになっただろうか。例えば、春代が、母を本当は慕《した》ってくれていたとしたら。急に梯子《はしご》を外されたような気持ちになったのではないか。

そこでつい、口から出たのが「クソババア」という言葉だったのではないか。

あの日、春代が見せた引きつったような笑顔を思い出す。そこに哀《かな》しみが滲《にじ》んでいたと今更思うのは、身勝手な想像だろうか。

と、春代の携帯電話が鳴った。はっと我に返る。非通知の相手は母だ。ついさっき、息子のことが分からなかった母が、妻に何の用なのだろうと、不思議に思いながら通話ボタンを押した。

「……もしもし」

「あれ、あんたの嫁さんに電話したつもりだったんだけど、違ったかね」

「……今、トイレに行ってるから、俺が出た。どうした？」

「……顕くん。あんた、元気かね？」

その声は変にしっかりしていて、若々しく耳に響いた。

「……元気だよ。なんで？」

「本当ね？　元気ならいい。私も元気だからね。あんたもしっかりやりなさいよ」

不意打ちの励ましに、激しく動揺した。

「……お袋もな」

「私は毎日元気よ。心配しなくていいから。何かあったら言いなさい。お母ちゃんに任せとったら大丈夫だから」

それじゃあね、と言って電話は切れた。

一瞬だけ、母が昔に戻ったようで、その声が耳にこびりついて離れない。

――お母ちゃんに任せとったら大丈夫。

この言葉を子供のときから何度聞いてきただろう。何度励まされてきただろう。親父に怒られたとき。友達とケンカしたとき。――親父に結婚を反対されたとき。

顕は初めて春代を家に連れていき、紹介した日のことを思い出す。

春代は人見知りな性格で、その日もかなり緊張していた。親しくなってしまえば素の自分を見せることができる彼女だったが、恋人の親に会うというので、かなりがちがちになっていた。当時はその、引きつった笑顔すら可愛いと思っていた顕は、「大丈夫だから」と呑気に構えていた。

が、親父は思っていたよりも厳しかった。

春代が小さな失敗をするたびに、親父の表情は険しくなっていき、彼女もそれを敏感に察知した。最後には彼女は何も話せなくなってしまった。

春代が帰った後で、ダメ出しが続いた。

——挨拶の声が小さい。

——靴を揃《そろ》えなかった。

——返事がなかなかこない。

「お前はあの子のどこがいいんか。俺は好かん。顔ばっかりや」

そう言い残し、自室へ引っ込んでしまったときは、呆気に取られてどうしていいか分からなかった。妹までもが「ちょっと考えなおした方がいいんじゃない」とまで言い出す始末だった。

そんなとき、母だけが言ってくれたのだった。

「お父さんもちょっと反対したいだけ。お母ちゃんに任せとったら大丈夫」

それから両親の間でどんな会話があったのかは知らない。今思えば、聞いておけば良かったと思う。親父から「お前の好きにしたらええ」と言われたときには、ほっとした。反対されればされるほど、春代への思いは募っていたから。

それなのに、結婚してから春代の性格が豹変《ひょうへん》したように思うのは、男のエゴだろうか。

付き合っていた頃には見せなかった表情を見せるようになり、束縛が激しくなった。特に、両親や妹に関することはアレルギー反応のように、嫌な顔をしてみせた。自分に良い印象を持っていないと、鋭く察知していたのだろう。だけど、せっかく家族になったのだから仲良くして欲しかった。が、顕はそれを春代に素直に話すことはなかった。言葉を尽くすことを、面倒臭がってしまった。

——もう二度と、話すことはできない。

携帯を片手に呆然としていると、インターホンが鳴った。

瞳子が来たのだろうと、玄関へと急いだ。

が、ドアを開けると、見知らぬ女性が立っていた。

＊

車で顕の家へ向かう間、ずっと、後ろ髪を引かれていた。——本当にこれでいいのだろうか。母を、捨てるなんて。まして、一人では身動きが取れない母を。

嘘のように溢れる涙を拭きながら、車を走らせる。本当は戻ってしまいたかった。これからのことを考えると、怖くて仕方がない。首に巻かれた鎖は、本当に絆ではなかったのかと、自問自答する。――私が弱いだけじゃないのか。どこの家でも母と娘とはこういったものではないのか。

赤信号で停まり、深呼吸をして落ち着こうとしていると、仲が良さそうな母娘《おやこ》が視界に入った。娘の方は大学生くらいだろうか。ショッピングの帰りなのか、同じ柄の紙袋を提げて互いに笑顔を向けている様は、まるで友人のように見えた。

どうして母とあんな風になれなかったのだろうと、またも涙が流れ出る。母のことを好きな気持ちはきっとあの娘と変わらないのに。どうして。

Uターンして家に帰りたい衝動を何度も堪え、信号が青になるのを待つ。

――顕が待っている。そのことだけを瞳子は考え、車を発進させた。

顕の家に着くと、車が家の前に停められているのが視界に入った。――警察だろうか。どこかで見たことがある車だった。が、どっちにしろ、瞳子は顕と運命を共にすると覚悟を決めた。一人だけ言い逃れることは絶対にしない、と。

停まっている車の前に停車すると、気持ちを整え、ゆっくりと降りた。

インターホンを鳴らすとすぐにドアは開いた。が、驚いたことに、見知らぬ女性がドアを開けていた。そのトレーナーにジーンズというボーイッシュな服装から、一瞬、優良の姿と見間違えそうになったが、よく見ると、歳は五十代前半くらいだろうか。スタイルが良く、綺麗な女性だったが、目の下に隈ができていた。思わず声をあげそうになった瞳子に、「早く中に入って」と彼女は言った。大人しくそれに従うしかなかった。

「……誰ですか？」

訊ねると、彼女は「分からないの？」と瞳子を睨みつけた。

「私は、神田の妻です」

一気に顔から血の気が引いた。

「……どうしてここに？」

瞳子が訊ねると、

「うちの主人をどこにやったの？」

そう、訊き返された。

「私、全て知ってるのよ。うちの主人があんたと浮気をしてたってこと。〈死んでしまえ！〉って貼り紙をしたから、一度は会うのをやめたかと思ったら、また復活？　どういう根性してるの？」

父と言い争ったとき、あの貼り紙をヒントに、優良に嫌がらせをさせることを思いついた、と言っていたのを思い出す。彼女の言葉でようやく分かった。最初の貼り紙の嫌がらせと、顕の家への貼り紙は彼女の仕業だったのだ。

母は知らない男が見上げていたと騒いでいたけれど、それは勘違いだったのだろう。仕方ない。瞳子でさえ、一瞬、優良と見間違えそうになったのだから。窓から見下ろしただけでは、分からなかったのだ。〈死んでしまえ！〉のメッセージは、神田の妻から自分へのものだ。……自分も彼女を苦しめていたのだった。

「今日は途中であんたを見失ったけど、すぐにここに来るって分かったわ。ねえ、うちの主人をどこにやったの？」

「どこにやったって……」

瞳子が訊き返すと、

「昨日の朝、ケンカをしてから、家を出たきり戻ってこないの。あんたのところだと思って、ずっと尾《つ》けてたのに、主人の姿が見えないんだもの！」

彼女はジリジリと瞳子に詰め寄った。

「そうしたら昨日の夜、あんたが山で何かを埋めてるのを見たの。びっくりして匿名で警察に通報したのよ。そうしたら女の遺体が出てきたってニュースになってるじゃない。驚いたわ」

瞳子は思い出す。埋め直しているときに、背後でガサッと音がしたことを。鳥だと納得した気でいたが、そうか、——あれは彼女だったのか。

瞳子はちらりと顕の方を見た。彼もまた、瞳子と同じように固まっていた。

「それで気づいたの。あんたたちは、主人のことも殺す気なんじゃないかって」

「そんなこと……」

するはずがない、と言いたいが声にならない。

「主人をどこにやったの⁉　言いなさい！　私も殺そうったって、そうはいかないからね！」

彼女は鞄の中から包丁を取り出し、瞳子に突きつけた。

「本当に知らないんです。お願いだから、落ち着いて……」

瞳子は、無意識のうちに、手のひらを彼女に向けて、距離を置いた。

「信じられるわけないでしょ！　殺人犯の言うことなんか！」

彼女は包丁を振り下ろした。それは瞳子の腕を切りつけた。瞳子は咄嗟に背中を向けて逃げようとドアに手をかけた。

「待ちなさい！」

彼女は瞳子の髪の毛を引っ掴み、そのまま土間に押し倒した。

もう一度包丁を振り上げる。

瞳子は思わず両手で顔を庇った。

「瞳子さん！」

顕の声が聞こえたかと思うと、彼は瞳子に覆いかぶさるようにして、彼女と瞳子の間に割って入った。包丁はそのまま、顕の背中に突き刺さった。

うぅっと、顕は呻き声をあげて、神田の妻に向き直り、突き飛ばした。彼女はペタリと土間に座り込み、言葉を失っていた。

「丹羽さん！」

起き上がって呼びかけると、背中に包丁が刺さっているのが見えた。

「大丈夫ですか！」

瞳子が訊ねると、顕は、僕は守れましたか、と呟いた。

「がんばってください！　すぐに救急車を呼びますから！」

そう瞳子は叫び、ポケットから携帯を取り出して、一一九番を押した。

終章

＊＊

救急車に担ぎ込まれ、名前や生年月日を答えると、意識が遠ざかっていくのが分かった。——だけど、どうしてもやらなければいけないことがある。

顕は、救急隊員の男性に、「あの」と声をかけた。彼は、大丈夫ですよ、すぐに病院に着きますから、と止血処置をしながら、返事をしてくれた。

「……今、ニュースでやっている絵武山の遺体、僕の妻なんです。僕が殺して、僕が埋めたんです」

脇に座り、処置を受けていた瞳子が口を開き、何か言おうとしたため、顕は首を微かに横に振って、それを制した。——彼女だけは守らなければいけない。

救急隊員は、分かりました、でもまずは病院へ行きましょう、と告げた。聞こえるのはサイレンの音だけになり、そこで顕の意識は途絶えた。

瞳子とDVDを観た昨晩、顕は思い出していた。春代があのドラマを観ながら言っていた口癖を。

「あなたもずっと、側にいてくれるでしょ？　私の味方でいてくれるでしょ？」

可愛いと思った時期も、確かにあったのだった。そして、ずっと一緒にいたいと思ったことだって。思えば、それ以外を求められたことはない気がする。旅行に行きたい、ブランドものが欲しい、そんな類《たぐ》いのことは一切言わなかった。欲しがったのは顕からの愛情だけだ。自分を一番に、誰よりも愛して欲しい。そう言っていたじゃないか。

――いつからだろう。そう訊ねられるたびに鬱陶《うっとう》しいと思うようになったのは。きっと妻も、顕の態度の変化に気づいていたのだろう。だからこそ、あんな風に束縛が厳しくなっていったのだ。

――俺が守ってやる。そんな歯が浮くようなセリフまで言ったことがあるというのに。

だからこそ、瞳子だけは守りたかった。――今度こそ、約束を守りたかった。

――最後まで自分一人でしたこと。全ての罪は、自分が被ると決めたのだ。

唯一、心残りなのは、妹や母のことだった。身内から犯罪者が出たら、彼女たちの生活はどんな風に変わってしまうのだろう。せっかくデイサービスに通いはじめ、友達ができたと喜んでいる母は、どうなってしまうのだろうか。

俺のことなんて、忘れてくれ、と顕は強く思う。最初から息子がいたということを忘れられたなら、悲しみも減るだろう。

――お願いだから、俺のことを忘れて幸せに生きてくれ。

*

治療を受け、病室で寝ていると、真っ先に駆けつけてくれたのは聡美だった。

「良かった！　かなり深い傷だって聞いたから、心配したんだよ！　無事だったんだね！」

彼女はすぐさま、瞳子の手を取った。温かい。

「ごめんね。……お金の用意できてなくて」

「いいんだよ。そんなこと」

自分は何て間違いをしていたんだと思う。聡美はただ、瞳子を信頼して、お金を貸して欲しいと頼みにきただけだったのだろう。

顕の家で起こったことを思い出す。顕はどうしているのだろう。そして、神田の妻は。

瞳子の疑問を察知したのか、

「一緒にいた、あの男は、一命を取り留めたって。神田先生の奥さんは警察で取り調べを受けてる。神田先生は他の女と一緒にいたらしいわよ。……瞳子と神田先生のこと、全然気づかなかったよ」

「……ごめん」

謝りながら、密かに傷つく。神田先生には瞳子の他にも女がいたのだ。考えれば想像できることだったが、思いつきもしなかった。馬鹿みたいだ、と自分を責める。

ねえ、瞳子、と聡美は声を潜める。

「刑事が病室の前で待ってる。神田先生の奥さんが、瞳子が死体を埋めているのを見たって証言していて、そこからあの男の奥さんの死体が見つかってる。瞳子、関わってなんてないよね？」

真っ直ぐなその視線をかわして、瞳子はベッドのシーツの皺を見つめた。

「……ねえ、聡美、母のことは誰が看《み》てるの？　大丈夫？」

話題を変えて訊ねる。

「大丈夫よ。おばさん、今日はお兄さんが看ているし、近いうちにデイサービスの見学に行くって言ってたから。瞳子が入院するって聞いてそう決めたみたい。その傷じや、退院してもおばさんのこと看れないでしょ？」

「え？」

あの、人嫌いの母が？　耳を疑った。

「だから言ったでしょ？　瞳子だって休息を取っていいの。そうじゃなきゃ、やっていけないでしょう？」

――なんだ。母は私がいなくても自ら命を絶ったりしないのだ。

小さく、溜息をついた。

神田が前に言っていたことを思い出す。

――お母さんはお母さん自身で幸せにならなきゃいけない。瞳子が幸せにする必要はないんだ。

乾いた笑いがこみ上げてくるのを抑えるのに必死だった。今までの努力は一体何だったのだろう。母が死んでしまったらどうしようと怯えていた日々は。結局、自分がいなくなったら、あの家族は自分たちのいいように動いていくのだ。――私なんていなくてもよかった。

「……瞳子？　大丈夫？」

「うん。……あのね、ひとつお願いがあるんだけど、いいかな？」

もちろん、何？　と優しい表情の聡美に、爪切り、と伝える。

「爪切り、買ってきてもらっていいかな。ちょっと後で、切っておきたくて」

「分かった。売店行ってくる。他に欲しいものはない？」

「大丈夫」

聡美が出ていくのを見送ると、瞳子は窓の外に視線をやった。夕日が街を照らし、沈んでいくところだった。あと数分もすれば〈夜〉になる。


夜に爪を切ると、親の死に目に会えない。

そう教えられたのはいつだっただろうか。確かまだ幼稚園に入る前だ。爪が割れたから爪を切ってと母に頼んだとき、そう言われたのだった。

「瞳子はお母さんが死ぬ前に、お話ししたいでしょう？　それなら夜に爪を切ったらダメ」

あのときの恐怖を分かってくれる人がいるだろうか。母がいなくなったらもう終わりだと思っていたあの頃、死んでしまうことすら怖いのに、最後に会えないと思うと悲しくて泣いたのを覚えている。

──だけど、今日、私は夜に爪を切る。

もう誰かに頼って生きてなんかいかない。介護要員だってやめるのだ。

「お母さん、幸せになって。……私のいないところで」

呟いた言葉はどこか頼もしく響いた。

顕がどれだけ嘘をついて自分を庇ってくれようとしたって、神田の奥さんに見られている以上、言い逃れはできないだろう。自分の責任は、自分で取る。

だけど、今、この瞬間、刑事から取り調べを受けるまでの時間だけは、瞳子は自由だった。──自由とは、こんなに解放的で、こんなに心細いものだったのか。

瞳子は聡美が買ってきてくれる爪切りを待って、ベッドの中で、落ちていく夕日を眺めていた。

本書は二〇一八年五月に小社より単行本として刊行されたものです。

|著者| 宮西真冬　1984年山口県生まれ。『誰かが見ている』で第52回メフィスト賞を受賞し、デビュー。他の著作に『首の鎖』（本作）『友達未遂』など。

首《くび》の鎖《くさり》
宮西真冬《みやにしまふゆ》

2021年6月15日第1刷発行

発行者――鈴木章一
発行所――株式会社　講談社
東京都文京区音羽2-12-21　〒112-8001
電話　出版（03）5395-3510
　　　販売（03）5395-5817
　　　業務（03）5395-3615

Printed in Japan

講談社文庫
定価はカバーに
表示してあります

KODANSHA

デザイン―菊地信義
本文データ制作―講談社デジタル製作
印刷―――豊国印刷株式会社
製本―――株式会社国宝社

ISBN978-4-06-523769-4

講談社文庫刊行の辞

二十一世紀の到来を目睫に望みながら、われわれはいま、人類史上かつて例を見ない巨大な転換期をむかえようとしている。

世界も、日本も、激動の予兆に対する期待とおののきを内に蔵して、未知の時代に歩み入ろうとしている。このときにあたり、創業の人野間清治の「ナショナル・エデュケイター」への志を現代に甦らせようと意図して、われわれはここに古今の文芸作品はいうまでもなく、ひろく人文・社会・自然の諸科学から東西の名著を網羅する、新しい綜合文庫の発刊を決意した。

激動の転換期はまた断絶の時代である。われわれは戦後二十五年間の出版文化のありかたへの深い反省をこめて、この断絶の時代にあえて人間的な持続を求めようとする。いたずらに浮薄な商業主義のあだ花を追い求めることなく、長期にわたって良書に生命をあたえようとつとめるところにしか、今後の出版文化の真の繁栄はあり得ないと信じるからである。

同時にわれわれはこの綜合文庫の刊行を通じて、人文・社会・自然の諸科学が、結局人間の学にほかならないことを立証しようと願っている。かつて知識とは、「汝自身を知る」ことにつきていた。現代社会の瑣末な情報の氾濫のなかから、力強い知識の源泉を掘り起し、技術文明のただなかに、生きた人間の姿を復活させること。それこそわれわれの切なる希求である。

われわれは権威に盲従せず、俗流に媚びることなく、渾然一体となって日本の「草の根」をかたちづくる若く新しい世代の人々に、心をこめてこの新しい綜合文庫をおくり届けたい。それは知識の泉であるとともに感受性のふるさとであり、もっとも有機的に組織され、社会に開かれた万人のための大学をめざしている。大方の支援と協力を衷心より切望してやまない。

一九七一年七月

野間省一